내 안에
몬스터
있다

내 안에 몬스터 있다 8

형상준 현대 판타지 장편소설

초판 1쇄 찍은 날 | 2017년 4월 13일
초판 1쇄 펴낸 날 | 2017년 4월 20일

지은이 | 형상준
펴낸이 | 예경원

기획 | 위시북스
편집책임 | 박우진
편집 | 이즈플러스

펴낸곳 | 예원북스
등록번호 | 제396-2012-000132호
등록일자 | 2012. 7. 25
KFN | 제1-094호

주소 | 경기도 고양시 일산동구 호수로 646-24 위너스21 II 빌딩 206A호 (우)10401
전화 | 031-819-9431 팩스 | 031-817-9432
E-mail | yewonbooks@naver.com

ISBN 979-11-6098-187-2 04810
      979-11-5845-442-5 (set)

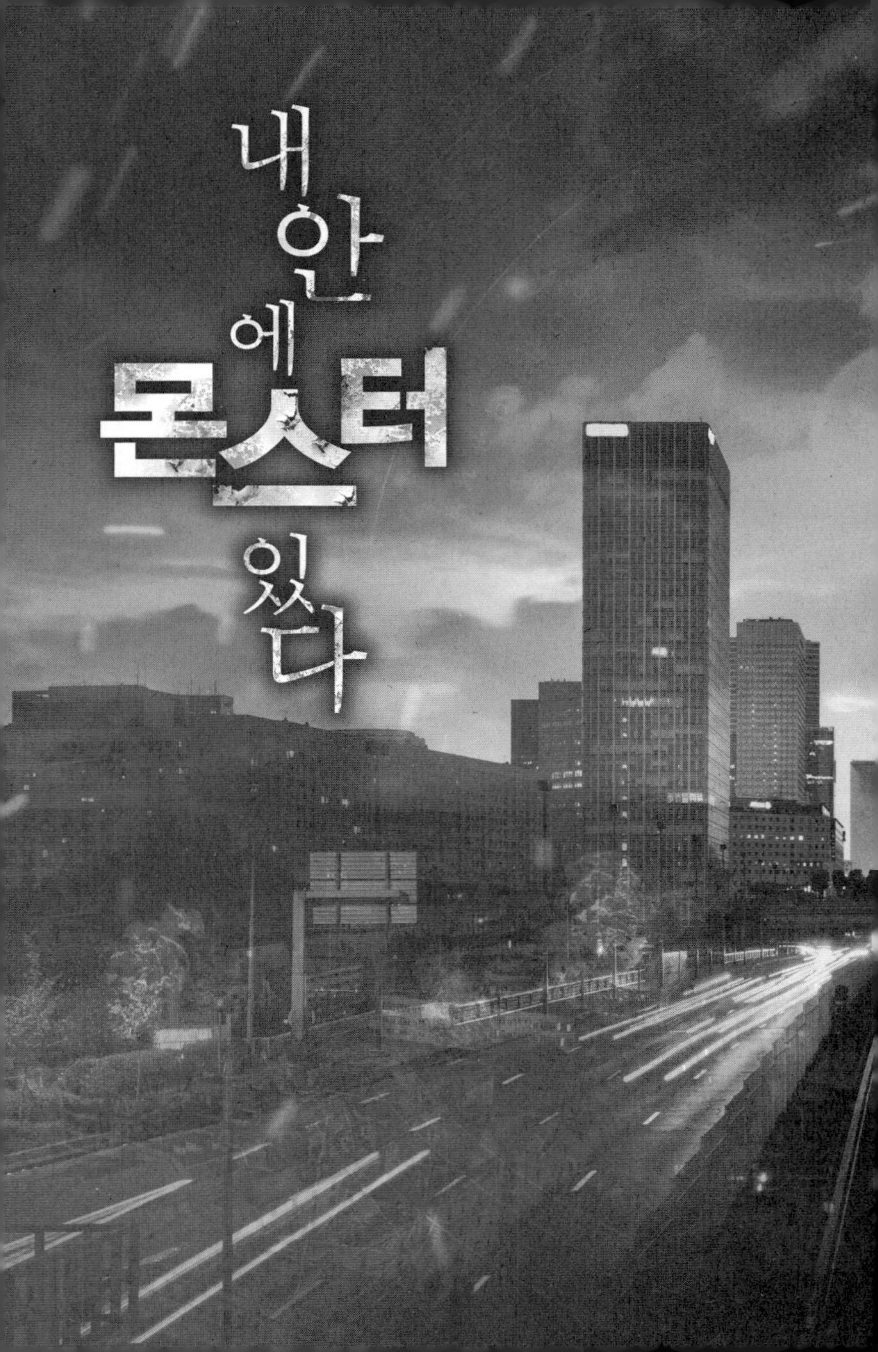
내 안에 몬스터 있다

CONTENTS

1장
드래곤

환하게 웃으며 자신의 손바닥에 난 상처를 손가락으로 후비는 적발의 사내…….

미친놈 같았다. 하지만 문제는 그 미친놈이 엄청나게 강해보인다는 것이었다.

'미치려면 곱게 미칠 것이지. 매로 때려서 어떻게 할 수 있는 수준이 아니잖아.'

미친놈에게는 매가 약이라는데…… 때릴 수도 없는 미친놈이라면 약도 없는 것이다.

어쨌든 자신의 손바닥을 손가락으로 후비고 있는 그 모습을 사람들이 굳은 얼굴로 바라보았다. 그리고…… 그들 사이에는 오직 침묵만이 자리하고 있었다. 강진이나 도원군, 그리고 장대수조차도 공격할 생각을 하지 못했다.

그렇게 자신의 손바닥에 난 상처를 더욱 크게 만들며 즐거워하던 사내가 김호철을 바라보았다.

"그런데 너 정령을 다루냐?"

"정령?"

"네 몸에 이그니스가 있지? 그래서 이그니스의 눈을 통해 나를 본 것이고……."

'이그니스의 눈으로 보았다? 그래서 내가 저놈을 볼 수 있었던 건가?'

다른 사람들은 반응하지 않았는데 자신만이 적발의 사내를 보고 반응을 했다.

'정령인가? 아니야. 정령이 저렇게 사람 모습을 하고 있을 리 없고, 정령이라면 내가 건드린 순간 폭주를 했겠지. 그럼 불의 정령과 관련이 있는 건가?'

김호철이 그런 생각을 할 때 적발의 사내가 김호철을 보며 말했다.

"신기해. 정령과 계약한 놈들은 봤어도 정령을 품고 있는 놈은 처음 봐."

신기하다는 듯 김호철을 보던 사내가 문득 고개를 갸웃거렸다.

"어? 그러고 보니 너 정령만 있는 게 아니네. 너 되게 특이

하다."

자신을 이리저리 보며 호기심 가득한 얼굴을 하고 있는 사
내를 보던 김호철의 머릿속에 하나의 단어가 떠올랐다.

'설마?'

그리고 그 단어를 떠올리자 김호철은 적발의 사내의 강함
과 불가사의한 능력이 이해가 되었다.

"드래곤이십니까?"

김호철의 말에 사람들이 놀란 얼굴로 그를 바라보았다.

드래곤……. 판타지 소설에 늘 등장하는 최강의 존재. 그
런 드래곤이라는 이름이 지금 김호철의 입에서 나온 것이다.

뒤이어 사람들이 적발의 사내에게로 고개를 돌렸다.

'드래곤?'

'저게?'

사람들이 놀란 눈으로 적발의 사내를 볼 때, 그가 김호철
을 바라보았다.

"맞아. 난 드래곤이야."

아주 간단하게 자신의 정체를 밝히는 드래곤의 모습에 김
호철이 침을 삼켰다.

혹시나 하고, 설마 했는데…….

'진짜…… 드래곤.'

사람의 모습을 하고 있지만 판타지 소설을 보면 모습 정도

바꾸는 것은 일도 아니다.

'어쩌지? 공격? 도망?'

하지만 어떠한 방법도 마땅치 않았다. 공격을 하자니 상대는 드래곤이다. 소설 속에서 표현되는 드래곤의 힘 중 반만 진짜라 해도 브레스 한 방이면 전멸이다.

도망 역시 어렵다. 자기 혼자라면 어떻게든 도망을 치겠지만 고윤희가 드래곤 뒤에 있는 컨테이너 안에 있다. 그녀를 두고 갈 수는 없다.

'어쩐다.'

심각한 얼굴로 김호철이 드래곤을 볼 때, 강진이 입을 열었다.

"드래곤을 직접 보게 될 줄은 생각도 하지 못했는데…….우리를 죽이러 온 것인가?"

강진의 말에 드래곤이 급히 손을 저었다.

"내가 왜 너희들을 죽여. 난 지구인을 죽이지 않아."

"이때까지 사람을 한 명도 죽이지 않았다는 말인가?"

"사람은 죽였지. 하지만 지구인은 죽이지 않았어."

그러고는 드래곤이 자신의 손바닥을 바라보았다. 이야기를 하는 사이 어느새 손바닥의 상처가 회복되어 있었다.

그것을 아쉽다는 듯 보던 드래곤이 군복에 손에 묻은 피를 닦아냈다.

"그리고 너희들 죽이러 온 것 아니니까 괜히 힘 빼지 마. 괜히 덤비다가 이 기계들이 부서지면 아깝잖아."

드래곤이 컨테이너를 보며 하는 말에 강진이 입을 열었다.

"싸우러 온 것이 아닌가?"

"싸워? 너희하고?"

황당하다는 듯 드래곤이 강진을 보다가 웃었다.

"드래곤은 사람하고 싸우지 않아."

그러고는 드래곤이 미소를 지었다.

"드래곤은 사람을 죽이지."

자신만만한 드래곤의 말에 강진과 김호철들이 침을 삼켰다.

어쩐지…… 너무 당연한 말인 것처럼 들린 것이다.

"그럼 왜 온 것인가?"

"구경하러."

"구경?"

강진이 무슨 말인가 싶어 고개를 갸웃거릴 때 김호철이 살짝 말했다.

"아까 저…… 드래곤을 봤을 때 컨테이너를 구경하고 있었습니다."

"컨테이너를?"

강진의 중얼거림에 드래곤이 컨테이너를 바라보았다.

"이걸 컨테이너라고 하는구나."

중얼거리며 드래곤이 컨테이너 벽을 손으로 두들겼다.

"금속으로 된 상자라……. 문도 있는 것을 보면 안에 들어가서 생활도 하는 건가?"

작게 중얼거린 드래곤이 문을 잡았다.

"아! 그리고 안에 있는 애들 나 공격하면……."

잠시 말을 하지 않던 드래곤이 입맛을 다시며 말했다.

"죽이지는 않겠지만 팔다리 하나씩은 뜯어낼 거야. 그 정도로는 죽지 않을 테니까."

드래곤의 말에 문이 천천히 열렸다. 그리고 요시다가 모습을 드러냈다.

스윽!

"아! 나오지 마. 나 안쪽 구경시켜 줘야지."

밖으로 나오려는 요시다를 몸으로 막은 드래곤이 안으로 들어가자 김호철이 급히 그 뒤를 따라 들어갔다. 안에는 고윤희가 있으니 말이다.

안으로 들어간 김호철은 벽에 바짝 등을 붙인 채 검을 들고 드래곤을 경계하는 고윤희를 볼 수 있었다.

"이리 와."

김호철의 말에 고윤희가 조금씩 발끝을 움직여 그에게 다가갔다.

그 모습에 드래곤이 웃었다.

"긴장들 하지 마. 아까도 말했지만 난 지구인을 죽이지 않아."

"죽이지는 않고 팔다리는 찢어도 되는 겁니까?"

김호철의 말에 드래곤이 컨테이너 안을 구경하면서 말했다.

"팔다리가 뜯겨도 죽지는 않잖아. 약속은 죽이지 않는 거 니까."

"약속?"

"그런 게 있어."

컨테이너를 구경하던 드래곤이 모니터를 가리켰다.

"와…… 이렇게 큰 것은 처음 보네. 애들이 가지고 다니던 것은 손바닥만 하던데. 핸드폰이라고 하던가?"

'지구인을 본 적이 있는 건가?'

호기심 어린 눈으로 모니터와 컨테이너를 구경하는 드래 곤을 보던 김호철이 요시다와 고윤희를 밖으로 내보낸 뒤 자신도 슬며시 그 뒤를 따라 나가려 했다.

"너는 있어."

드래곤의 말에 김호철이 침을 삼키며 그를 바라보았다.

"저는 왜?"

"이것들이 뭐 하는 것인지 알려줘야지."

드래곤이 한쪽에 있는 전투식량 팩을 들어 보이는 것에 김호철이 그를 보다가 입을 열었다.

"그럼 저와 제 일행들을 해치지 않겠다고 약속을 해주시겠습니까?"

"약속을 해 달라?"

김호철의 말에 이때까지 실없는 사람처럼 보이던 드래곤의 얼굴이 굳어졌다.

그 모습에 김호철의 얼굴도 굳어졌다.

'이 새끼 갑자기 왜 이래?'

김호철의 얼굴이 굳어지자 드래곤이 피식 웃으며 전투식량 팩을 만지작거렸다. 마치 이게 뭔가 하는 표정으로 말이다. 코를 대고 냄새까지 킁킁 맡던 드래곤이 말했다.

"네가 다른 드래곤을 만날 일은 없겠지만, 드래곤과 약속이라는 것을 하려 하지 마. 난 지구인을 죽이지 않겠다는 약속을 한 몸이라 죽이지 않겠지만…… 다른 드래곤은 너를 죽일 거야. 아니, 만나는 순간 죽이려나?"

"그건 왜입니까?"

김호철의 물음에 드래곤이 들고 있는 전투식량 팩을 가리켰다.

"이건 뭐지?"

'묻고 싶은 것이 있으면 알려 달라는 건가?'

드래곤을 보던 김호철이 한쪽에 있는 전투식량을 하나 집어서는 뜯었다. 그리고 안에 있는 발열 팩 끈을 잡아당겼다.

부풀어 오르는 전투식량을 보며 김호철이 말했다.

"끈을 잡아당기면 이렇게 안에서 저절로 음식이 따뜻해집
니다."

"호오! 마법도 아닌데 저절로 음식이 따뜻해진다니."

신기한 눈으로 전투식량을 보던 드래곤이 김호철이 했던
것처럼 발열 팩 끈을 당겼다.

그리고 가만히 손바닥 위에 전투식량을 올린 드래곤이 웃
었다.

"진짜 뜨거워지는군. 이거 어떻게 이렇게 되는 거지?"

"제가 만들지 않아서 그건 모릅니다."

"아쉽군."

전투식량 팩을 들고 웃고 있는 드래곤을 보며 김호철이 말
했다.

"약속을 안 하시는 이유가 있습니까?"

"약속이란 신성한 것……. 믿음이라는 끈에 서로가 묶이
는 것이다. 그리고 절대적이다. 그렇기에 드래곤은 함부로
약속을 하지 않아."

"절대적이라면 어느 정도의 절대적입니까? 의미입니까?
아니면 실제로 절대적인 제약 같은 겁니까?"

"말 그대로 절대적이다. 드래곤은 자신이 한 약속을 절대

어길 수 없어.”

‘절대적……. 그럼 최소한 이 드래곤은 지구인을 죽이지는 않는다는 건가?’

아까 분명 지구인을 죽이지 않는다는 약속을 했다고 말했으니 말이다.

김호철은 조금 긴장이 풀렸다. 최소한 죽지는 않는 것 아닌가. 물론 드래곤의 말대로 사지가 뜯겨져 나가 숨만 쉬게 될 수도 있는 일이기는 하지만 말이다.

그런 생각을 하며 김호철이 드래곤을 보다가 말했다.

“이제 먹어도 됩니다.”

말과 함께 김호철이 전투식량을 밀봉을 풀어 안의 내용물을 꺼내 먹는 시늉을 보이자 드래곤이 그것을 따라 음식을 꺼냈다.

“호오! 이거 신기하군. 저절로 따뜻해지는 음식이라니…….”

김이 모락모락 나는 전투식량을 보며 드래곤이 안에 있던 포크로 음식을 집어 먹었다.

하지만 곧 드래곤이 눈을 찡그렸다.

“퉤엣! 따뜻하기만 하고 맛은 안 좋군.”

입맛을 다시며 다시 침을 뱉는 드래곤의 모습에 김호철이 말했다.

“그런데 이런 것을 왜 궁금해하시는 것입니까? 드래곤에게 이런 인간의 문명은 아무것도 아니지 않습니까?"

김호철의 물음에 드래곤이 모니터에 떠 있는 화면을 보다가 얼굴을 벽에 가져갔다. 그리고 벽과 모니터 사이의 틈을 보며 말했다.

"맞아. 네 말대로 이런 것들은 드래곤에게 아무것도 아니지."

따앗!

말과 함께 드래곤이 손가락을 튕기자 허공에 모니터와 똑같은 환상이 나타났다.

"드래곤은 이런 것을 만들지 않아도 보고 싶은 것을 볼 수 있으니까."

"그런데 왜?"

김호철의 물음에 드래곤이 다시 손가락을 튕겨 환상을 없애고는 말했다.

"드래곤은 그 존재로 전지하고 전능하다. 시간이 지나면 강해지고, 시간이 지나면 지혜로워진다. 그래서 뭔가를 배우고자 하는 욕구도 뭔가를 알고자 하는 호기심도 없다."

"호기심이 없다……."

"난 인간이 재밌다. 불이 필요하니 불을 만들고, 자신을 지키기 위해 검과 창, 무기를 만든다. 필요하다 생각을 하면 만들고 이상하다 생각을 하면 연구를 하지."

모니터를 손으로 쓰다듬은 드래곤이 입을 열었다.

"인간의 가장 큰 장점이 뭔지 아는가?"

"인간의 장점이야 많겠죠. 측은지심이나 남을 배려하고 존중하는 것 같은?"

김호철의 말에 드래곤이 피식 웃었다.

"측은지심이라는 말이 뭔지는 모르겠지만 남을 배려하고 존중하는 것은 인간의 장점이 아니다."

"그렇습니까?"

"인간의 장점은 호기심과 질투다."

"호기심과 질투?"

"이게 뭐지? 하는 호기심은 그것을 연구하고 그 본질을 깨닫는다. 그 호기심이 마나를 연구하게 했고 마법을 만들어냈다. 그리고 질투, 자신보다 더 나은 존재에 대한 질투는 자신을 강하게 만들고 나아지게 만든다. 때로는 능력 없는 인간이 질투로 인해 자신을 파멸하는 것도 봤지만 대부분의 인간은 질투를 자양분 삼아 자신을 성장시키지."

'호기심과 질투……'

드래곤이 한 말을 생각을 해보니 일리가 있기는 했다. 만유인력의 법칙을 발견한 과학자도 사과가 떨어지는 것에 호기심을 가져 중력을 발견했으니 말이다.

호기심과 질투라는 단어에 대해 김호철이 생각하고 있을

때 드래곤이 모니터를 손가락으로 두들기며 말했다.

"인간의 가장 큰 장점 호기심과 질투……. 하지만 드래곤에게는 호기심과 질투가 없다. 호기심을 가질 만한 의문이 없고 질투를 할 만한 대상도 없다."

"전지(全知)라 하니 호기심은 그렇다 해도 같은 드래곤 사이에서도 강약의 차이는 있지 않습니까?"

"물론…… 하지만 강약의 차이는 누가 오래 살았느냐의 차이일 뿐. 질투를 할 것이 없다. 강하고 약하고는 시간이 지나면 저절로 해결이 되는 일이니 질투를 느낄 필요가 없지."

그러고는 드래곤이 컨테이너 안에 있는 물건들을 구경하며 말했다.

"그런데…… 지구의 물건은 달라. 이 세상의 것에 대해 모르는 이치가 없는데 지구의 물건은 내가 모르는 것투성이야. 그래서 난 호기심이라는 것을 알게 되었고 그것이 너무 즐겁다."

웃으며 드래곤은 컨테이너 안의 물건들을 하나둘씩 김호철에게 묻기 시작했다.

리모컨이라거나 한쪽에 달려 있는 에어컨, 그리고 냉장고까지 말이다.

"호오! 이 작은 걸로 저 모니터를 조종하는 거라고?"

"호오! 이 상자는 빙결 마법이 걸린 것 같군."

"호오! 이 상자는 차가운 바람이 나오는군. 마치 겨울날의 한파 같아."

지구의 문물이 신기한 듯 연신 물어보고 감탄을 하는 드래곤을 보던 김호철이 물었다.

"그렇게 궁금하고 알고 싶으시다면 왜 지구로는⋯⋯."

말을 하던 김호철이 급히 입을 다물었다. 생각을 해보니 이 괴물이 지구로 간다면⋯⋯ 끝장이다.

강진이나 자신, 그리고 도원군⋯⋯ 거기에 장대수 등등 지구에서 톱을 달리는 최고 능력자 열 명이 감히 공격을 할 엄두도 내지 못하는 괴물이다. 그것도 본체가 아닌 인간의 모습인데도 말이다.

그런 드래곤이 지구로 간다?

'제발 내 말을 귓등으로 흘려들어라.'

제발 지구에 관심을 가지지 말라는 생각을 하며 김호철이 긴장을 할 때, 드래곤이 한숨을 쉬었다.

"나도 지구로 참 가고 싶은데⋯⋯ 갈 수가 없어."

"하아!"

갈 수가 없다는 말에 김호철이 안도의 한숨을 쉬었다. 그 모습에 드래곤이 그를 힐끗 보고는 말했다.

"왜, 내가 지구에 가는 것이 싫어?"

"드래곤처럼 강대한 분이 지구에 오시면 아무래도 조금 부담이 될 것 같습니다."

"후! 그럴 수도 있겠군. 여기 사는 놈들도 드래곤이 자기들 나라에 오는 것을 싫어하니."

"그런데 왜 지구로 못 가십니까? 게이트를 이용해서 가시면 될 텐데?"

말을 한 김호철은 또 아차 싶었다.

다행히도 드래곤이 고개를 저었다.

"게이트는 인간이 만든 것……. 아무리 인간들이 대마법사라 추앙을 해도 마나의 종족인 우리 드래곤에게는 아무것도 아니지. 그런 놈들이 만든 게이트가 드래곤을 이동시킬 수는 없어."

'휴! 다행히…….'

라는 생각을 하던 김호철의 얼굴에 의아함이 어렸다. 어떤 한 가지에 생각이 미친 것이다.

물어볼까 말까 고민을 하던 김호철이 슬며시 말했다.

"그럼 지구에는 못 가십니까?"

"가려고 하면 갈 수도 있지. 인간이 만든 마법으로 게이트가 열리는데 드래곤인 내가 게이트를 열지 못할 이유가 없으니까."

드래곤의 말에 김호철의 얼굴이 굳어졌다.

사실 궁금했던 것이 바로 이것이었다. 인간보다 월등한 마법 능력을 보유한 드래곤이 게이트 마법을 만들지 못할 이유가 없다는 것……. 즉, 인간이 만든 게이트로는 불가능할지라도 드래곤이 만든 게이트라면 드래곤을 지구로 보낼 수 있다 생각했다. 그리고 드래곤은 그것이 가능하다고 말하고 있는 것이다.

'가려고 하면 갈 수 있다? 하지만 가지 않는다. 그 이유가 뭐지? 리모컨에도 환장하는 놈이라면 지구 문물을 자기 눈으로 직접 보고 싶을 텐데.'

그런 의문을 떠올리던 김호철이 물을까 말까를 고민할 때 드래곤이 컨테이너 안을 둘러보다가 몸을 돌렸다.

"여기 있는 것은 다 봤으니 밖에 있는 것을 보자."

"밖에 있는 것?"

밖에는 지구 문물이라 할 수 있는 것이 없는데 그런 생각을 하던 김호철의 얼굴이 굳어졌다.

"설마 드론?"

김호철의 중얼거림에 드래곤이 환하게 웃으며 그를 바라보았다.

"하늘에 떠 있는 것이 드론이라는 거구나."

드래곤의 말에 김호철은 황당했다. 드론은 지상에서 보이지 않는다. 아주 높은 하늘 위에 떠 있는 것이다. 그런데 드래곤이 그것을 아는 것이다.

"드론이 보이십니까?"

"내가 보려고 하면 보지 못할 것이 없지."

웃으며 밖으로 나가는 드래곤의 모습에 김호철이 급히 그 뒤를 따랐다.

밖으로 나온 드래곤이 하늘을 올려다보았다.

"인간이 만든 물건이 저렇게 높이 떠 있다니……. 지구의 문물은 굉장해. 아! 과학이라고 한다지."

"이 세상에는 과학이 없습니까?"

"이 세상에서는 연금술이라고 하지. 저거 좀 내려줘. 가까이 보고 싶다."

드래곤의 말에 김호철이 요시다를 향해 고개를 돌렸다.

그리고 작게 고개를 끄덕이자 요시다가 은색 선을 컨테이너와 연결했다. 그리고 잠시 있자 하늘에 떠 있는 메인 드론이 천천히 내려오기 시작했다.

그에 드래곤의 몸이 둥실 떠올라서는 하늘로 솟구쳤다.

빠르게 하늘로 사라지는 드래곤의 모습에 김호철이 급히 강진과 도원군들을 향해 다가갔다.

"이제 어떻게 하죠?"

김호철의 말에 도원군이 고개를 저었다.

"상대는 드래곤……. 방법이 없다."

"도망이라도 갈까요?"

"이 컨테이너가 없으면 다른 드론과 연결할 방법이 없다."

도원군의 말에 김호철이 한숨을 쉬며 컨테이너를 바라보았다.

자신들의 머리 위에 떠 있는 메인 드론과 달리 다른 드론들은 수십 킬로 멀리 떨어져 있다. 그리고 그 드론들이 보내는 정보는 메인 드론에 모여 여기에 있는 컨테이너로 전달이 된다. 그래서 이 컨테이너가 없으면 다른 드론들과 직접 접하지 않는 이상 정보를 받을 수 없는 것이다.

그리고 이 컨테이너를 들고 도주한다면…… 드래곤에게나 잡아봐라 하는 것과 같다.

그런 둘의 말에 강진이 입을 열었다.

"내 입으로 이런 말을 할 줄은 생각 못 했지만…… 드래곤은 이길 수 있는 존재가 아니다."

강진의 말에 도원군이 그를 바라보았다.

"드래곤, 용. 신화에 나오는 존재 아닌가. 동양의 용과는 조금 다른 것 같지만……. 어쨌든 그런 존재가 진짜 있다니 당황스럽군."

"어떻게 할 건가?"

강진의 물음에 도원군이 하늘을 바라보다가 김호철을 향해 고개를 돌렸다.

"드래곤과 이야기를 많이 하는 것 같던데 우리를 해칠 것 같더냐?"

도원군의 물음에 김호철이 드래곤과 대화를 나누면서 느낀 것들을 이야기했다.

그 이야기를 들은 도원군이 턱을 쓰다듬었다.

"지구인을 해치지 않겠다는 약속을 했다라……."

"그 약속은 절대적이라 했습니다."

김호철의 말에 고윤희가 말했다.

"그럼 위험하지 않은 것 아니에요? 지구인은 안 죽이면 드래곤이고 뭐고 두려워할 이유가 없잖아요."

고윤희의 말에 김호철이 고개를 젓고는 저 한쪽에 헐떡거리고 있는 사신들을 바라보았다. 드래곤의 등장으로 고문은 멈췄지만 지금 그들은 가만히 있어도 고통이 극심할 것이다.

"저것도 살아 있다면 살아 있는 거야."

"우리를 저렇게 만든다고?"

고윤희가 질렸다는 표정으로 하는 말에 김호철이 고개를 저었다.

"다른 것은 몰라도 저 드래곤, 그렇게 막 나가는 놈은 아닌 것 같아. 그리고 지구인을 죽이지 않겠다는 약속……. 그런 약속은 지구인이 아니면 했을 이유가 없습니다."

"지구인과 약속을 했다?"

"그렇죠. 설마하니 아르카다안 사람과 지구인을 죽이지

말라고 약속했을 리는 없으니까요."

"드래곤은 아무와 약속을 하지 않는다며?"

고윤희의 말에 김호철이 고개를 끄덕였다.

"드래곤은 아무와 약속을 하지 않지. 그런데 약속을 했어. 그 말은 드래곤과 믿음을 나눌 정도로 친분을 쌓은 지구인이 있었다는 말이야. 아마 지구 문명에 관해서도 그 지구인에게 듣고 관심을 가졌겠지."

김호철의 말에 도원군이 고개를 끄덕였다.

"아르카디안으로 온 지구인 중 하나가 드래곤과 친분을 맺었다라……. 최소한 말은 통할 수 있겠다 생각이 되는데?"

다른 지구인이 드래곤과 그 정도 친분을 쌓았다면 자신들이라고 못할 것이 없다 생각이 드는 것이다.

도원군의 말에 강진이 잠시 생각을 하다가 하늘을 올려다보았다.

"일단 상황을 지켜본다. 다들 드래곤이 화가 날 행동은 하지 말고 일단…… 자제한다."

말이 좋아 자제지 엎드리라는 말이다. 차마 마교 교주의 자존심에 엎드리라곤 못 하고 자제하라고 말한 것이다.

그런 강진을 보던 김호철이 힐끗 하늘을 올려다보았다.

하늘에서는 은색의 풍선을 단 드론이 천천히 하강을 하고 있었다. 그리고 그 옆을 이리저리 오가며 구경을 하고 있는 드래곤의 모습도 보였다.

'거래를 할 수도 있을 것 같은데…….'

드래곤과의 거래. 사람들에게 말하지는 않았지만 김호철은 드래곤과 거래를 할 수도 있다는 생각을 하고 있었다.

대화가 통하는 상대라면…….

잠시 하늘을 보던 김호철이 뇌전의 날개를 만들어내더니 솟구쳤다.

파지직! 파지직!

뇌전의 날개를 펄럭이며 드래곤이 있는 곳으로 날아간 김호철이 드론을 보며 말했다.

"신기하십니까?"

김호철의 말에 드래곤이 드론을 이리저리 보며 말했다.

"날지 못하는 인간이 날아다니는 물건을 만들다니…… 신기해."

"지구에는 더 신기한 물건도 많습니다."

"나도 알아. 우주선인가? 그건 정말 한번 보고 싶은데……."

"우주선도 아십니까?"

"알지. 사람이 우주로 나아가게 해주는 기계라니…… 상상도 할 수 없는 일이야."

"드래곤은 우주로 갈 수 없습니까?"

김호철의 물음에 드래곤이 하늘을 올려다보았다.

"우주선에 대한 이야기를 듣고 한 번 시도해 본 적이 있지. 그런데 나가는 것은 가능한데……. 아무리 드래곤이라도 우주에서 생존은 어려워. 우주에서 조금 더 머물렀다면 죽었을 거야."

드래곤의 말에 김호철은 역시 괴물이기는 괴물이구나 하는 생각이 들었다.

'우주를 맨몸으로 갔다 왔다는 이야기잖아.'

속으로 혀를 내두르던 김호철이 드래곤을 보며 슬며시 말했다.

"저희를 어떻게 하실 것입니까?"

"너희?"

"저희 기계들 다 보시고 난 후에…… 어떻게 하실 것인지."

김호철의 말에 드론을 보던 드래곤이 그를 바라보았다.

"난 갈 건데."

"저희는?"

"너희는 너희 할 일 하면 되지. 난 드론 구경하고 갈 거야."

드래곤의 말에 김호철의 얼굴에 황당함이 떠올랐다.

"설마…… 진짜 구경만 하러 오신 것입니까?"

"응, 네가 나를 발견하지 않았으면 혼자 구경하다가 갔을 거야."

드래곤이나 되는 존재가 그냥 구경하러 왔다? 황당하기 이를 데 없는 일이다.

하지만, 드래곤의 말에 김호철은 거래를 할 수 있겠다는 생각이 더 강하게 들었다.

'이 정도면 거의 기계 덕후라고 해야 할 정도다.'

덕후라면 자신이 원하는 것을 위해 큰돈도 지불하고 노력도 아끼지 않는다.

그런 생각을 한 김호철이 잠시 드래곤을 보다가 입을 열었다.

"혹시 지구 문물 중에 가지고 싶거나 보고 싶은 것이 있으십니까?"

"그야 많지."

"그럼 제가 그 문물들을 좀 가져다 드리면 어떻겠습니까?"

"네가?"

"원하시는 것을 말씀만 하십시오. 제가 지구로 가서 구해다 드리겠습니다."

"비행기도?"

"비행기를…… 가지고 싶으십니까?"

"사람이 타고 날아다니는 기계 덩어리…… 멋지잖아."

드래곤의 말에 잠시 그를 보던 김호철이 고개를 끄덕였다.

"가져다 드리겠습니다."

김호철의 말에 드래곤이 미소를 지으며 그를 바라보았다.

"인간이…… 드래곤과 거래를 하고 싶다…… 인가?"

자신을 바라보는 드래곤의 시선에 김호철은 조금 긴장이 되었다.

"거래라고 할 것은 없습니다. 그저 드래곤께서 지구의 문물에 관심이 많으신 것 같아 제가 구할 수 있는 것을 구해서 드리려는 것입니다."

"그저 주겠다라……."

김호철의 말에 피식 웃은 드래곤이 입을 열었다.

"내가 여태까지 본 인간은 아무런 대가 없이 무언가를 주는 법이 없었지. 하지만……."

잠시 말을 멈췄던 드래곤이 미소를 지었다.

"그 거래, 받기로 하지. 내가 갖고 싶은 것들이 있으니까."

그러고는 드래곤이 땅으로 떨어지기 시작했다.

휘이익!

빠르게 땅으로 내려가는 드래곤의 모습에 김호철도 그 뒤를 따라 땅으로 내려섰다.

탓!

가볍게 땅에 내려선 드래곤은 김호철이 옆에 내리자 입을 열었다.

"이자가 나와 거래를 하고 싶어 하는군."

드래곤의 말에 강진과 도원군들이 놀란 얼굴로 김호철을 바라보았다.

'왜 그런 쓸데없는 짓을!'

'자제하라고 그리 말했거늘.'

얼굴과 눈빛으로 말을 하는 두 사람을 보며 김호철이 드래곤을 향해 말했다.

"아까도 이야기했지만 거래가 아니라…… 조공이라고 하면 될 것 같습니다. 그저 위대한 존재께 바치는 저희들의 성의라고 보시면 됩니다."

"후! 뭐가 되었든…… 바라는 것이 있겠지. 바라는 것이 뭐지?"

드래곤의 말에 도원군과 강진들이 김호철을 바라보았다. 그 시선에는 쓸데없는 짓 하지 말라는 의미가 강하게 담겨 있었다.

하지만 여기까지 와서 말을 멈출 수는 없다.

그리고…….

'어지간하면 들어줄 것도 같고.'

속으로 중얼거린 김호철이 입을 열었다.

"저희가 지구에서 드래곤께서 원하시는 물건을 가지고 오려면 저희만의 게이트가 있어야 할 것 같습니다. 아시겠지만 인간이 만든 게이트는 허접하게도 몬스터가 모여야 열립니다. 그래서 드래곤께서 원하시는 기계들이 파손이 될 위험이 있습니다."

김호철의 말에 사람들이 드래곤을 바라보았다.

'게이트?'

'게이트를 만들어 달라고 하다니……. 만들어줄까?'

사람들의 시선에 잠시 있던 드래곤이 고개를 끄덕였다.

"그 말이 옳군. 몬스터들이 감히 내 기계들을 건드는 것은 내키지 않으니까. 너희들이 이용할 게이트 만들어주지."

드래곤의 말에 김호철이 안도의 한숨을 쉬었다.

"감사합니다. 그리고…… 한 가지 더 부탁을 드려도 되겠습니까."

"후! 인간이란……."

작게 웃으며 고개를 저은 드래곤이 고개를 끄덕였다.

"게이트는 내 물건들 옮기는 것이라치고……. 후! 좋다. 대가는 치러야겠지. 부탁이 뭐지?"

"이곳 마물의 산맥에 지구인들이 많이 흩어져 있습니다. 그들의 위치를 알려주실 수 있겠습니까?"

"찾아 달라는 것도 아니고 위치만 알려주면 되는 건가?"

"위대한 존재께 어찌 그런 일을 부탁하겠습니까. 위치만 알려주시면 데려오는 건 저희가 하겠습니다."

김호철의 말에 드래곤이 잠시 있다가 손을 움직이며 수인을 맺었다.

"찾아라."

드래곤의 말에 순간 그의 몸에서 불꽃이 뿜어졌다.

화르륵!

불꽃이 솟구치는 것과 함께 드래곤이 잠시 있다가 손을 내밀었다.

화르륵!

그러자 드래곤의 앞에 불꽃의 도마뱀이 모습을 드러냈다.

'살라만다?'

불의 중급 정령 살라만다가 나타난 것에 김호철이 의아해할 때 드래곤이 말했다.

"이 살라만다가 지구인들의 위치를 알려줄 거다. 계약해."

드래곤의 말에 김호철이 그를 바라보았다.

"제가요?"

"그럼 너 말고 누가 있어."

"정령과 계약하는 방법을 모르는데……."

김호철의 말에 드래곤이 작게 혀를 찼다. 그러고는 한심하다는 듯 말했다.

"정령은 상하 관계가 뚜렷하다. 하위 정령은 상위 정령에게 대항할 수 없고 반항할 수 없다. 오직 복종만이 있을 뿐……. 네 몸에는 상급 정령 이그니스가 있다. 네가 계약하고자 하면 살라만다는 네 것이다."

드래곤의 말에 김호철이 살라만다를 바라보았다.

살라만다는 드래곤이 앞에 있어서인지 납작 엎드려 있었다.

'그러고 보니 전에 이그니스가 살라만다를 살려 달라고 했을 때도 이런 자세였는데…….'

그런 살라만다를 보던 김호철이 손을 내밀었다.

"나와 계약하자."

김호철의 말에 살라만다의 머리 쪽에 빨간색의 마법진이 형성이 되더니 곧 그 안으로 빨려가며 사라졌다.

그 모습에 김호철의 얼굴에 의아함이 어렸다.

"어? 사라졌는데요?"

"계약이 됐으니 정령계로 돌아간 것이다."

"그럼 계약된 겁니까?"

"불러봐."

드래곤의 말에 김호철이 손을 내밀며 말했다.

"살라만다."

화르륵!

그러자 김호철의 앞에 살라만다가 모습을 드러냈다.

휘리릭! 휘리릭!

입에서 불로 된 혓바닥을 날름거리는 살라만다의 모습에

김호철의 얼굴에 미소가 어렸다.

'살라만다……'

어찌 되었건 불의 중급 정령 살라만다를 얻은 것이다. 살라만다를 보던 김호철이 드래곤을 바라보았다.

"살라만다가 지구인들을 어떻게 찾아주는 것입니까?"

"사람이 사는 곳에 가장 필요한 것이 바로 불이다. 불이 있는 곳에 사람이 있으니 살라만다가 불을 사용하는 사람들에게 너희들을 안내할 것이다. 물론 그 사람들이 지구인이라는 보장은 없다. 살라만다, 아니, 불의 눈에는 지구인이든 아르카디안 사람이든 다 같은 사람일 뿐이니까."

드래곤의 말에 김호철이 살라만다를 보다가 말했다.

"작아져라."

김호철의 말에 살라만다의 몸이 작아졌다.

손바닥만 하게 작아진 살라만다를 들어 자신의 어깨 위로 올린 김호철이 고개를 숙였다.

"감사합니다."

"이제 게이트인데……."

잠시 생각을 하던 드래곤이 입을 열었다.

"지구로 향하는 게이트를 여는 것은 쉽다."

"쉽습니까?"

"쉽다. 너희들이 가야 할 지구로 이미 마나의 통로가 연결이 되어 있으니 마나의 흐름에 너희들을 갈 게이트를 끼워 넣기만 하면 된다. 하지만 정확한 목적지를 처음에는 설정할 수 없다. 지구는 내가 모르는 곳이니까."

"그럼 어디로 떨어질지 모른다는 것이군요."

김호철의 물음에 드래곤이 고개를 끄덕이고는 말했다.

"처음에는 그렇다."

"그럼 두 번째는 다릅니까?"

"지구에 대응 마법진을 설치하면 게이트 좌표가 고정이 된다. 너희가 원하는 곳에 마법진을 설치하면 앞으로는 이곳과 그곳으로 열리는 게이트가 완성이 된다."

"지구의 마법 문명이 미약해서 위대한 존재께서 만든……."

"아부는 필요 없다. 지구의 대응 마법진도 내가 만들어서 줄 것이다."

"감사합니다."

주위를 보던 드래곤이 잠시 생각에 잠겼다. 그리고 손을 들자 허공에 동그란 구체가 모습을 드러냈다.

화아악!

희미한 빛을 뿜어내며 나타난 구체를 드래곤이 이리저리 굴리기 시작했다.

화아악! 화아악!

구체는 구를 때마다 문자들을 허공에 만들어내기 시작했다.

그렇게 구체를 한참 굴리던 드래곤이 고개를 끄덕였다.

"계산은 끝났다."

말과 함께 드래곤이 구체를 던졌다.

화아악!

그러자 구체에서 거대한 빛이 뿜어지더니 마법진을 이루기 시작했다.

화아악! 화아악!

마치 숨을 쉬는 것처럼 크기를 부풀렸다 줄어들기를 반복하는 마법진을 보며 드래곤이 입을 열었다.

"지구로 향하는 게이트 마법진이다."

"지구로 갔다가 돌아올 때는 이곳으로 오는 것입니까?"

"이곳에도 대응 마법진을 그릴 것이니 이곳으로 오게 된다."

"그럼 마법진 가동을 위한 마나는?"

김호철의 말에 드래곤이 눈을 찡그렸다.

"그것까지 내가 챙겨줘야 하는 것인가?"

"이곳과 달리 지구는 마법 문명이 아주 약해서요."

"쯧!"

작게 혀를 찬 드래곤이 구체를 향해 손을 내밀었다.

그러자 허공에 떠 있던 마법진이 빠르게 변화하기 시작했다.

화아악! 화아악!

마법진을 손본 드래곤이 입을 열었다.

"마법진에서 스스로 마나를 흡수하도록 만들었다. 지구는 이곳과 달리 마나의 농도가 약하다고 하니 마법진이 흡수하는 마나로는 마법의 발동이 어려울 것이다. 다섯 모서리에 마나석을 놓으면 부족한 마나를 보충할 수 있을 것이다. 마법이 발동할 정도로 마나가 차면 진이 빛을 낼 것이니 그때 이동하면 된다. 발동어는 '이동'이다."

말과 함께 드래곤이 손가락을 튕겼다.

화아악!

그러자 허공에 떠 있던 마법진이 급격히 부풀어 오르더니 눈부신 빛과 함께 사라졌다.

번쩍!

그리고 사라진 마법진의 모습에 김호철이 주위를 두리번거릴 때 드래곤이 땅바닥을 가리켰다.

땅바닥에는 작은 원형의 돌이 어느새 자리하고 있었다. 사람 하나 설 정도의 크기…….

그리고 그 돌 위에는 눈에도 보이지 않을 정도로 작은 문자들과 무늬들이 새겨져 있었다.

'그 큰 마법진을 다 저기에 새겨놓은 건가?'

김호철이 돌을 보고 있을 때 도원군이 드래곤을 보며 말했다.

"이동 가능 인원은 몇이나 됩니까?"

"일인용이다."

"일인용?"

"설마하니 단체 이동 마법진이라도 만들 것이라 생각했나? 이 마법진은 내가 원하는 것을 가져올 한 사람의 이동을 위한 것이다."

"그럼 이곳으로 올 때도 한 사람만 이동이 가능한 것입니까? 그럼 헬기와 같은 큰 기계는 못 들고 오는데."

"좌표 고정과 한 사람을 보내기 위한 것일 뿐이니 지구에서 이곳으로 보내는 것에는 제한이 없다."

드래곤의 말에 김호철이 마법진을 보며 작게 입맛을 다셨다.

'만드는 김에 좀 크게 만들지. 쪼잔하게 한 사람 이동이야.'

속으로 중얼거린 김호철이 도원군을 향해 고개를 돌렸다.

"도 국장님께서 일단 지구에 한 번 다녀오시지요."

"내가?"

"드래곤께서 원하시는 것을 가져오려면 저보다는 재산뿐만 아니라 인맥도 넓은 도 국장님이 가시는 것이 낫습니다."

김호철의 말에 도원군이 고개를 끄덕이려 할 때 강진이 입을 열었다.

"그리고 아르카디안과 지구를 연결하는 대응 마법진을 한국에 만들겠다는 생각인가?"

강진의 말에 김호철이 살짝 웃으며 그를 바라보았다.

"아셨습니까?"

김호철의 말에 강진이 그를 보다가 도원군에게 말했다.

"마법진을 한국에 설치하는 것엔 이의 없다. 단, 중국과 일본도 한국의 마법진의 이용을 허가해 준다면."

강진의 말에 도원군이 피식 웃었다.

'일본도 같이 끌어들이는 건가?'

만약 도원군이 거절한다면 중국은 일본과 합세해 한국이 아닌 타국에 마법진을 설치하도록 만들겠다는 생각이었다.

그런 강진을 보며 도원군이 입을 열었다.

"우리는 동맹이네. 이런 마법진 하나에 그것을 깰 생각이 없네. 쓰고 싶으면 마음대로 쓰시게."

도원군의 허락에 고개를 끄덕인 강진이 더 이상 이의를 제기하지 않았다.

그런 사람들을 보며 김호철이 속으로 한숨을 쉬었다.

'동맹이다 뭐다 해도 결국은 자국의 이익이 먼저인 건가? 하여튼 대단한 충절들 나셨네.'

속으로 중얼거린 김호철이 도원군을 바라보았다.

"드래곤께서는 헬기가 가지고 싶으시다고 하십니다."

김호철의 말에 드래곤이 환하게 웃었다.

"아! 있지, 나 포르라고 하는 스포치카도 가지고 싶어."

방금 전까지 진지한 조금은 위대한 존재처럼 말을 하던 드래곤은 어느새 처음 봤을 때의 조금은 가볍고 호기심 어린 얼굴로 바뀌어 있었다.

"포르세, 스포츠카를 말하시는 것입니까?"

"응, 그거 타고 막 달리면 엄청 재밌다고 했거든. 그것도 한 대 꼭 가지고 와."

드래곤의 말에 잠시 그를 보던 김호철이 주위를 바라보았다.

"스포츠카를 타려면 넓고 평평한 길이 있어야 하는데……여기는 산이라……."

하지만 김호철의 말은 이어지지 않았다.

드래곤이 숨을 크게 들이마셨다가 그대로 앞을 향해 강하게 뿜어낸 것이다.

화르륵! 화르륵!

드래곤의 입에서 뿜어진 거대한 불길이 끝없이 숲을 뚫고 나아가기 시작했다.

2장
이세계에 남은 지구 후손들을 찾다

김호철과 강진, 그리고 고윤희는 와이번을 타고 하늘을 날고 있었다. 십여 명의 군인도 함께였다. 살라만다를 이용해 가장 가까운 곳의 불을 사용하는 사람들을 찾아 데리고 온 것이다. 물론 가장 가깝다고 해도 와이번을 타고 두 시간을 날아가야 했지만 말이다.

　지구에서 온 구조대라는 말에 군인들은 안도감과 함께 기뻐했고, 김호철과 강진 일행은 그들을 태우고 컨테이너가 있는 곳으로 돌아가고 있었다.

　펄럭! 펄럭!

　그렇게 그들은 해가 지고 어두워져서야 일행이 있는 캠프로 돌아올 수 있었다.

펄럭! 펄럭!

가볍게 땅에 내려선 김호철이 와이번에게 날개를 내리도록 시켰다. 군인들이 날개를 타고 미끄러지듯이 바닥으로 내려왔다.

그런 군인들을 보던 김호철이 한쪽을 향해 고개를 돌렸다.

김호철의 시선이 향한 곳에는 끝을 알 수 없이 펼쳐진 땅이 보였다.

새까맣게 타들어 가 있는 땅은 바로 드래곤이 자동차를 타겠다고 불태워 버린 숲이었다.

'저거 끝이 대체 어디야?'

불에 타 사라진 숲을 보던 김호철이 강진을 향해 고개를 돌렸다.

"한 번 더 가실 수 있겠습니까?"

"수십 년을 기다린 사람들이다. 위치를 아는데 더 기다리게 할 수는 없지."

강진의 말에 김호철도 고개를 끄덕였다.

그 역시 같은 생각이다 위치를 모른다면 모를까 아는 이상 데리러 가는 것이 맞다.

그에 김호철이 고윤희를 바라보았다.

"넌 괜찮아?"

"난 괜찮아."

고윤희의 말에 김호철이 장대수를 향해 소리쳤다.

"저희는 몇 곳 더 둘러보고 오겠습니다."

"밥은?"

"육포도 있고 초콜릿 바도 있으니 그거 먹겠습니다. 그럼 내일 뵙겠습니다!"

말과 함께 김호철이 와이번을 움직였다.

펄럭! 펄럭!

펄럭! 펄럭!

빠르게 날아가는 와이번의 등 위에서 김호철은 하늘을 보고 있었다. 과학 문명이 발달하지 않은 곳이라 그런지 밤하늘은 맑고 투명했다. 지금 당장에라도 밤하늘에 떠 있는 별들이 쏟아질 것 같았다.

지구에는 없는 그런 밤하늘을 보던 김호철이 입을 열었다.

"하늘 예쁘다."

하지만 김호철의 말에 답을 해주는 사람이 없었다. 그에 김호철이 한숨을 쉬고는 슬쩍 옆을 바라보았다.

자신의 말에 답을 해주기를 원한 고윤희는 저쪽에 강진의 옆에 달라붙어 뭔가를 보여주고 있었다. 강진에게 배운 무공을 그에게 보여주며 의문이 어린 것을 물어보고 가르침을 받고 있는 것이다.

'쳇! 나한테 시집오기로 했으면 나랑 좀 같이 있지.'

입맛을 다신 김호철이 손을 들었다.

화아악! 화아악!

그러자 그의 양옆에 데스 나이트 둘이 모습을 드러냈다.

"그래도 너희라도 있으니 외롭지는 않네."

김호철의 말에 데스 나이트들이 그를 잠시 보다가 앞을 바라보았다.

그런 둘을 보며 김호철이 말했다.

"그래도 명색이 이 땅이 너희들 고향인데…… 어디 가고 싶은 데 있어?"

김호철의 말에 데스 나이트들이 그를 바라보았다.

"너희도 가고 싶은 곳이 있을 것 아냐? 특히 칼은 망해 가는 왕국 지키다 죽었다면서?"

김호철의 말에 칼의 눈빛이 흔들렸다. 그런 칼을 보던 김호철이 말했다.

"가고 싶으면 내 어깨에 손을 올려. 그럼 데려다줄게."

김호철의 말에 잠시 가만히 있던 칼이 슬며시 손을 올려 그의 어깨에 손을 올렸다.

그리고 다니엘도…….

자신의 어깨에 올려진 데스 나이트들의 손에 김호철이 고개를 끄덕였다.

"그래······. 다른 것은 몰라도 너희 둘 소원 하나 못 들어 줄까. 지금은 안 돼도 사람들 좀 찾고 하면 지구 가기 전에 너희들 고향 한번 다녀오자."

'그리고······ 너희들이 말을 할 수 있을지도 알아보자.'

데스 나이트가 할 수 있는 말이란 자신들의 이름뿐······. 생각도 있고 배우는 것도 있다. 이성은 있는 것 같은데 할 수 있는 말은 자기 이름뿐인 것이다.

아르카디안은 마법 문명이 뛰어나니 데스 나이트가 말을 하는 방법도 있을 것이다.

그런 생각을 하던 김호철이 어깨에 앉아 있는 살라만다를 바라보았다.

"앞으로 얼마나 더 가야지?"

김호철의 말에 살라만다가 혀를 날름거리며 그들이 날아 가는 방향을 바라보았다.

"쩝! 너도 말을 할 줄 알면 좋을 텐데······."

데스 나이트처럼 살라만다도 말을 할 줄 모르는 것이다.

그저 살라만다가 할 수 있는 것은 사람이 지핀 불이 있는 방향을 가리킬 뿐이었다. 그것도 가장 가까운 곳을 말이다.

'그래도 그게 어디냐.'

속으로 중얼거린 김호철이 와이번의 등에 손을 댔다.

"더 빨리 가자."

화아악!

김호철의 손에서 뿜어진 마나에 와이번이 더욱 빠르게 날아가기 시작했다.

펄럭! 펄럭!

빠르게 날아가는 와이번의 등에서 앞을 보고 있던 김호철의 얼굴에 의아함이 어렸다. 저 멀리서 화광이 충천하고 있는 것이 보인 것이다.

'불났나?'

의아한 얼굴로 화광이 어린 곳을 보던 김호철의 옆에 강진이 모습을 드러냈다.

스윽!

가만히 화광이 충천하는 곳을 보던 강진이 입을 열었다.

"살라만다한테 저곳이냐고 물어보거라."

강진의 말에 김호철이 살라만다를 바라보았다. 그에 살라만다가 작게 고개를 끄덕였다. 말은 할 수 없지만 이런 간단한 의사 표현 정도는 하는 것이다.

"싸움이 난 걸까요?"

"가 보면 알겠지. 더 빨리 갈 수 없나?"

강진의 말에 김호철이 심호흡을 하고는 마나를 와이번에게 강하게 밀어 넣었다.

화아악! 화아악!

그러자 와이번의 날개에 검은 마나가 강하게 피어오르더니 더 빠르게 쏘아져 나가기 시작했다.

화르륵! 화르륵!

화광이 번뜩이는 작은 마을에 사람들이 치열하게 싸우고 있었다.

타타탕! 타탕!

요란한 총소리와 함께 수류탄이 터졌다.

쾅!

파열 수류탄이 터지고 사방으로 파편들을 휘날렸다.

파파팟!

검은 망토를 두른 사신들이 사방으로 흩어졌다. 그리고 파편이 닿은 땅이 터져 나갔다.

퍼퍼퍼펑!

일반적인 파열 수류탄과는 다른 위력……

스르륵! 스륵!

검을 든 사신들이 한 젊은 사내를 포위하듯 섰다.

그런 사신들을 보며 사내가 양손으로 쥔 권총을 십자로 교차했다.

탓!

"감히 우리 마을에 쳐들어오다니……. 편하게 죽을 거란 생각은 하지 말아라."

사내의 말에 사신들의 얼굴이 굳어졌다.

"우리 역시 네놈을 편하게 죽일 생각은 없다. 그리고…… 네놈의 사람들 역시."

사신의 말에 사내가 굳은 얼굴로 눈동자를 옆으로 돌렸다.

스윽!

그의 시선에 망토를 걸친 이들과 치열하게 싸우고 있는 마을 사람들이 보였다.

하지만 역부족…….

마을 사람들 중 능력을 가진 이들과 능력은 없지만 총을 다룰 줄 아는 사람들이 보조를 하며 버티고 있지만 쓰러지는 이들이 생기고 있었다.

'빨리 이들을 처리하고 가야 한다. 하지만…….'

사내가 사신들의 뒤에 있는 자를 바라보았다.

다른 사신들과 같은 복장을 하고 있는 자……. 하지만 그 강함은 다른 사신들과 비교할 수 없었다.

그자를 경계하느라 자신을 막고 있는 사신들에게 전력을 다할 수가 없었다.

'빌어먹을……. 라이언 한, 무슨 생각을 그리 하는 거냐. 문제 하나당 답은 하나다.'

생각과 함께 라이언이 십자로 세운 쌍권총을 비틀며 허리춤으로 빠르게 움직였다.

탓! 탓!

쌍권총을 강하게 비트는 것과 함께 탄창이 튕겨지듯 빠져나왔고, 허리춤에 있던 탄창이 절로 솟구치며 손잡이에 틀어박혔다.

철컥!

순식간에 탄창을 비우고 새로 채운 라이언이 권총을 십자 형태로 세우고는 사신들을 향해 내달렸다. 아니, 정확히는 맨 뒤에 있는 가장 강한 사신을 향해…….

'저놈을 먼저 죽여야 뭐든 된다.'

위험부담이 큰 일이다. 하지만 저놈을 끌어들이지 못하면 자신을 포위한 사신들에게 전력을 다할 수 없다.

파앗!

라이언의 권총에서 빛이 흘러나오기 시작했다.

"난사!"

외침과 함께 라이언의 권총에서 빠르게 총탄이 쏟아져 나오기 시작했다.

타타타탕! 타탕!

라이언의 총에서 쏟아지는 총알에 사신들이 빠르게 검을 치켜들고는 휘둘렀다.

채채채채챙!

"크악!"

총알을 쳐 내던 사신 중 몇이 미처 그것을 막지 못하고 쓰러졌다.

그 틈에 라이언은 사신들의 포위망을 뚫고 뒤에 있는 자를 향해 쏘아져 갔다.

휘리릭! 파팟!

총을 빠르게 휘두르는 것과 함께 탄창이 분리돼 나갔고, 새로운 탄창이 그 자리를 대신했다.

철컥! 철컥!

총을 앞뒤로 빠르게 당기는 것으로 재장전을 한 라이언이 자신을 보고 있는 사신을 노려보았다.

'남은 탄창은 네 개. 수류탄은 세 개…….'

속으로 자신이 가진 무기를 헤아린 라이언이 눈을 반짝였다.

'할 수 있다.'

생각과 함께 라이언이 빠르게 땅을 박차며 사신을 향해 내달렸다.

스르륵!

그리고 사신의 손에서 뽑혀지는 검…….

'늦어.'

중얼거림과 함께 라이언이 권총을 앞으로 내밀었다.

사아악!

"데스 사인."

라이언의 중얼거림과 함께 그의 눈에 다른 자들에게는 보이지 않는 해골 마크가 나타났다.

화아악!

그리고 그 해골 마크는 사신의 몸에 투영이 되었다.

화아악!

사신의 몸 전체를 감쌀 정도로 커다랗던 해골 마크의 크기가 빠르게 줄어들었다.

그리고 사신의 허벅지 안쪽에 손톱 하나 정도의 크기로 새겨졌다.

'작아!'

해골, 데스 사인.

다른 사람의 눈에는 보이지 않는 라이언만의 표식이다.

그곳에 총알을 박아 넣으면 상대는 반드시 죽는다. 그것이 데스 사인……

그런데 문제는 지금 상대에게 나타난 데스 사인이 너무 작다는 것과 겨냥하기 어려운 허벅지 안쪽이라는 것이다.

'제길!'

욕설과 함께 라이언의 총이 빠르게 움직였다.

채채챙!

빠르게 날아오는 사신의 검격을 총으로 막고 튕긴 라이언이 한 걸음을 강하게 내디뎠다.

"총무(銃舞)."

탕!

총무의 시작을 알리는 것처럼 라이언의 총에서 총알이 쏘아졌다.

파앗!

그것을 검날로 빗겨 튕겨내는 사신, 그런 사신의 어깨를 향해 찔러가는 총구…….

탕!

급히 어깨를 숙이며 총알을 피하는 사신, 그리고 사신의 발이 라이언의 발을 향해 휘둘러졌다.

부웅!

그런 사신의 발을 향해 겨눠지는 총구.

탕!

하지만 총구가 향해진 순간 사신의 발은 하단에서 상단으로 궤도가 바꿔져 있었다.

사악!

날카로운 바람 소리가 들릴 정도로 빠르고 급격하게 변하는 발차기에 라이언의 권총이 십자로 세워졌다.

퍼억!

주루룩!

권총으로 가드를 한 상태에서 뒤로 밀려난 라이언이 신음을 흘렸다.

"크으윽!"

하지만 신음과 함께 밀려나던 라이언의 총구는 어느새 사신을 향해 있었다.

"연사."

타타타타탕!

라이언의 총구에서 쏘아진 총알들이 사신을 향해 쏟아졌다.

채채채챙!

빠르게 검을 휘두르며 총알들을 막아내던 사신의 얼굴이 굳어졌다. 라이언의 얼굴에 미소가 어려 있는 것이다.

'왜?'

자기도 모르게 왜라는 생각을 하던 사신의 눈에 라이언의 입모양이 보였다.

'펑!'

"펑?"

펑!

그리고 사신의 발밑에서 거대한 폭발이 일어났다.

콰콰쾅!

펑! 콰콰쾅!

사신의 발밑에서 터지는 폭발에 라이언이 급히 탄창을 갈았다.

철컥! 철컥!

빠르게 탄창을 교체한 라이언이 폭발의 여파로 먼지가 솟구치고 있는 곳을 바라보았다.

사신의 발차기에 뒤로 밀리는 순간 라이언은 가지고 있던 수류탄 세 개를 떨어뜨렸다. 그리고 그것을 눈치채지 못하도록 연사를 통해 사신의 주의를 끈 것이다.

'내 능력으로 폭발력이 증폭된 수류탄 세 발이다. 살아남지 못…….'

생각을 하던 라이언의 얼굴이 굳어졌다. 먼지가 걷히며 두 발로 서 있는 사신의 모습이 보인 것이다. 몸에서 피가 철철 나는 것이 멀쩡하지는 못한 것 같지만…… 결론은.

'살아 있다?'

그에 라이언이 입술을 깨물었다.

'남은 탄창은 두 개…….'

라이언이 남은 탄창을 손으로 만질 때 몸을 웅크린 채 가드하고 있던 사신이 그를 노려보았다.

"잘도…… 해줬겠……."

쾅!

사신의 말은 채 이어지지 못했다. 순간 하늘에서 뭔가가 그의 머리 위로 떨어진 것이다.

꽈직!

머리 위로 떨어진 것은 그의 몸을 부수며 땅에 박아 넣었다.

'뭐?'

갑자기 벌어진 일에 라이언이 앞을 바라보았다. 사신이 있던 자리에 그는 없었다.

라이언의 눈에 보이는 거라고는 거대한 해머, 그리고 그 해머 밑으로 보이는 사신의 피와 살점뿐이었다.

그리고 하나 더, 해머를 들고 있는 자…….

"데스 나이트?"

쾅!

떨어지는 것과 동시에 사신 하나를 그대로 내려찍어버린 김호철이 해머를 들어서 어깨에 올렸다.

그리고 자신을 놀란 눈으로 보고 있는 사신들을 바라보았다.

"이 새끼들은 안 빠지는 곳이 없네. 애들아, 일할 시간이다."

작게 중얼거리는 것과 함께 김호철의 몸에서 몬스터가 쏟아져 나왔다.

"사신 놈들을 죽여!"

김호철의 외침에 몬스터들이 사신들을 향해 달려들었다.

동시에 김호철을 향해 주위에 있던 사신들도 달려들었다.

"그래, 놀아보자!"

외침과 함께 김호철이 해머를 들고는 사신들을 향해 뛰어들었다.

퍼퍼퍼펑! 퍼펑!

라이언은 놀라고 당황스러운 얼굴로 눈앞의 데스 나이트를 바라보았다.

갑자기 나타난 데스 나이트가 몸에서 몬스터들을 뽑아내더니 자신을 공격하는 사신들을 터뜨리고 있었다. 말 그대로 해머로 터뜨려 죽이고 있었다.

'꿀꺽……. 강하다.'

그리고 그 사실에 라이언은 긴장이 되었다.

데스 나이트는 몬스터. 사신과 다를 바가 없는 것이다.

하지만 지금은 적인 사신을 죽이고 있다.

그렇다면…….

'일단 마을 사람부터. 그리고 도주다.'

지금 눈앞의 데스 나이트와 싸운다는 것을 상상하기 어려운 라이언이 마을 사람들을 구하기 위해 몸을 돌리던 그 몸이 멈췄다.

어느새 마을 사람들을 공격하던 사신들을 두 남녀가 해치우고 있었다.

그리고 그중 한 남자의 공격은 일수일살(一手一殺), 손이 한 번 움직이면 한 놈이 죽었다.

여자 역시 강해 보이기는 했지만 어쨌든 눈에 가장 들어오는 것은 남자였다.

그리고 빠르게 사신들을 죽인 사내와 여자가 마을 사람들에게 다가가 말을 걸었다.

'강하다. 저자들, 대체 뭐지?'

놀란 라이언의 옆에서 목소리가 들려왔다.

"괜찮습니까?"

옆에서 들린 목소리에 라이언이 자기도 모르게 고개를 돌렸다.

그리고.

철컥! 철컥!

순식간에 탄창을 갈아 끼운 라이언의 총구가 자신을 보고 있는 데스 나이트를 향해 겨눠졌다.

그리고.

탓!

데스 나이트, 아니, 김호철이 총신을 잡았다.

총신을 잡아 탄이 발사되지 못하게 막은 김호철이 급히 데스 나이트의 투구를 해체했다.

"사람입니다. 몬스터가 아니니 긴장하지 마세요."

"사람?"

투구가 사라지며 드러난 사람의 얼굴에 라이언이 의아해할 때 김호철이 말했다.

"지구에서 사람들을 구조하기 위해 온 김호철입니다. 저기는 제 동료인 중국의 강진 대협과 한국의 고윤희입니다."

"지구?"

잠시 멍하니 있던 라이언의 얼굴이 굳어졌다.

"지구에서 왔다고?"

"그렇습니다. 여러분을 구하기 위해 지구에서 온 구조대입니다."

"어떻게 구하겠다는 거지?"

"게이트를 통해 지구로 가면 됩니다."

"말도 안 되는……."

라이언의 말에 김호철이 고개를 끄덕였다. 전에 구한 군인들도 게이트를 통한 구조에 대해 이런 반응이었다.

게이트가 어디서 열릴지도 모르고, 열리는 장소를 안다 해도 그 많은 몬스터의 수를 어떻게 뚫을 거냐는 반응 말이다.

그에 김호철이 말했다.

"게이트를 저희가 원하는 곳에 열 수 있는 방법을 알고, 게이트에 몰린 몬스터들을 뚫을 힘도 충분합니다."

들고 있는 해머를 손으로 툭툭 치는 김호철의 모습에 라이언이 자기도 모르게 고개를 끄덕였다.

지금 눈앞에 있는 자 강하다. 그리고 사람들과 있는 사내 역시……

그 둘이라면 몬스터들을 뚫고 갈 수 있을 것이란 생각이 들었다.

그런 라이언을 보던 김호철이 주위를 둘러보았다.

"그런데 여기는 사람이 많군요. 게다가 마을도 이루고 있고."

불에 타고 있기는 했지만 마을은 꽤 큰 규모였다. 거기다 보이는 사람의 수만 해도 백은 넘어갈 듯 보였고……

"그런데 애가 있네요."

"애?"

김호철이 보는 곳을 라이언이 바라보았다.

그곳에는 마을의 아이들이 호기심 가득한 얼굴로 강진과 고윤희를 보고 있었다.

"하긴 지구에서 보낸 군인이나 능력자 중에도 여자는 있을 테니……. 남녀가 있으면 사랑이 꽃피고 애가 생기는 것도 당연하겠군요."

김호철의 말에 라이언이 잠시 있다가 그를 바라보았다.

"그렇게 생긴 애가 바로 나다."

라이언의 말에 김호철이 의아한 듯 그를 보다가 놀라 말했다.

"여기서 태어나셨습니까?"

김호철의 말에 잠시 그를 보던 라이언이 입을 열었다.

"꺼져."

"네?"

"도와준 것은 고맙다. 하지만 이 마을에서 너희 지구 놈들에게 구조를 바라는 사람은 없다."

말과 함께 라이언이 총을 허리띠에 꽂고는 몸을 돌렸다. 그 모습에 당황한 김호철이 그 뒤를 따랐다.

"저기요. 저희는 지구에서……."

휘익!

김호철의 말에 라이언이 그를 돌아보았다. 그러고는 굳은 얼굴로 김호철을 바라보았다.

"구조를 하러 왔다?"

"그렇습니다."

"이 마을은 칠십 년이 되었다."

"칠십 년?"

라이언의 말에 김호철이 마을을 바라보았다.

'그러고 보니 이 마을……. 한두 해 전에 생긴 것처럼 보이지는 않는구나.'

김호철이 마을을 볼 때 라이언이 입을 열었다.

"할아버님에게 지구에 관한 이야기는 많이 들었다. 그리고…… 자신들을 버린 지구에 대한 원망도."

"할아버님?"

"흥! 칠십 년, 아니, 할아버님이 이 세상으로 넘어온 지 팔십 년. 그동안 나 몰라라 버려둘 때는 언제고 이제 와서 구조대? 웃기는 소리 하지 마라."

말과 함께 몸을 돌려 버린 라이언이 소리쳤다.

"다들 뭐 하시는 겁니까! 마을 다 불탈 때까지 구경만 하고 있을 겁니까!"

라이언의 외침에 강진과 고윤희를 둘러싸고 있던 사람들이 서둘러 불이 난 곳으로 뛰어가기 시작했다.

그런 사람들의 모습을 보던 김호철이 강진에게 다가갔다.

"이야기 좀 나눠보셨습니까?"

김호철의 말에 강진이 고개를 끄덕였다.

"아무래도 이 마을은 지구인 2세대와 3세대들이 살고 있는 곳인 듯하다."

"저기 사람들을 지휘하는 자가 이 마을 책임자인 것 같은

데……. 구조대라고 하니까 화를 내는군요."

김호철이 라이언과 나눈 대화를 말하자 강진이 한숨을 쉬었다.

"지구에서야 길어야 십 년이지만…… 이곳에서는 몇십 년이 흐른 뒤이니까. 자신들이 버림받았다 생각했겠지."

"다른 사람들은 좋아하던데 여기 사람들은 이상하네요."

고윤희의 말에 강진이 그녀를 보고는 말했다.

"우리가 데리고 온 군인들과 달리 이들은 이곳에 터전을 만들었다. 군인들은 생존과 귀환을 생각하며 살았다면 이들은 생존과 정착을 생각하며 살았다. 그 차이다."

"마을이라……."

김호철이 마을을 바라보았다. 김호철이 구했던 오민수 대령 팀이나 오늘 구한 군인들은 지구에서 넘어온 건물에 임시 본부를 차리고 살았을 뿐 마을을 만들지는 않았다.

마을은 사람이 임시로 사는 곳이 아니라 현재를 살면서 미래를 가꾸는 곳이니 말이다.

불을 끄고 있는 사람들을 보던 김호철이 강진을 바라보았다.

"여기 사람들, 어떻게 할까요?"

"데려가야지."

"저 책임자 반응을 보니 안 갈 것 같은데요. 꺼지라고 하던데."

작게 투덜거리는 김호철을 보던 강진이 잠시 있다가 입을
열었다.

"가기 싫다는 사람들 억지로 데려가지는 않는다. 하지
만…… 지구로 가고 싶다는 사람은 데리고 간다."

그러고는 강진이 걸음을 옮겼다.

"일단 급한 불부터 끈다."

강진의 말에 김호철이 불이 난 집들을 보다가 고개를 끄덕
였다.

"그러죠."

불이 난 집으로 다가간 김호철과 강진들이 사람들과 함께
불을 끄기 시작했다.

3장
호철, 윤회와 사랑이……

휘이익! 휘이익!

모락모락 피어나는 검은 연기 사이로 마을 사람들은 피곤함과 슬픔이 가득한 얼굴로 모여 있었다. 그리고 그들의 중심에는 시체들이 놓여 있었다. 어제 사신들의 손에 죽은 마을 사람들의 시신이 말이다.

마을 사람들이 시신을 놓고 슬퍼하는 것을 한쪽에 떨어져서 보던 김호철이 강진을 바라보았다.

"이 마을을 공격했다는 것은 사신들이 이곳 위치를 안다는 건데……. 우리를 따라가지 않으면 위험하겠는데요."

김호철의 말에 강진이 고개를 끄덕였다.

이 마을 지구인 2세와 3세들이 있기는 하지만 1세대 지구인도 꽤 있었다.

아르카디안으로 온 지구인 중 생존한 이들을 이 마을 사람들이 구해 데리고 살고 있는 것이다.

그 말은 이 마을은 사신들이 보기에 마나석의 보고나 마찬가지······.

다시 몰려올 것이다. 그것도 자신들이 죽인 사신보다 더 강하고 많은 수로 말이다.

김호철의 말에 강진이 잠시 있다가 입을 열었다.

강진의 입술이 달싹이자 사람들과 함께 시신들을 향해 눈물을 흘리고 있던 라이언이 그를 돌아보았다.

자신이 원하는 사람에게만 소리를 전하는 무공, 전음이었다.

전음으로 뭔가 이야기를 하자 라이언이 그들에게 다가왔다.

"아직 안 갔소?"

아직도 적대감이 가득한 라이언의 목소리에 김호철이 입맛을 다셨다.

"지구에 적대심을 가진 것은 이해하지만······ 그래도 우리가 없었으면 어제 당신 사람 몇이 더 죽었을지 모르는 일. 그리고 불도 같이 끈 사이입니다."

"그래서 고맙다라는 이야기라도 듣고 싶나?"

"고맙다는 이야기까지는 아니더라도…… 그러고 보니 여기 와서 물 한 잔도 못 얻어먹었군요."

김호철의 말에 그를 보던 라이언이 손을 들었다. 그러자 한 사람이 군용 물통에 물을 담아 왔다.

"그거 마시고 가시오."

라이언의 말에 김호철이 피식 웃고는 물통을 받았다가 강진과 고윤희를 바라보았다.

"역시 좋은 사람 노릇하는 건…… 어려운 것 같아."

그러고는 김호철이 물통을 손으로 움켜쥐었다.

펑!

플라스틱으로 만든 물통이 김호철의 손아귀에서 그대로 터져 나갔다.

후두둑! 후두둑!

뿜어진 물이 사방으로 흩어지는 것과 함께 라이언의 얼굴이 굳어졌다. 사방으로 흩어진 물에 라이언의 몸도 젖은 것이다.

"이게 무슨?"

그런 라이언을 보며 김호철이 손을 들었다.

펄럭! 펄럭!

김호철의 부름에 하늘에 떠 있던 와이번이 가볍게 땅에 내려섰다.

그 모습에 사람들이 하나둘씩 라이언의 곁으로 다가왔다. 아무래도 분위기가 심상치 않음을 느낀 것이다.

그런 사람들을 보며 김호철이 큰 소리로 말했다.

"여기 있는 분들의 주축이 지구 2, 3세대분들인 거 압니다. 그래서 할아버님이나 아버님들이 외롭게 여기서 죽어갔던 것을 보고 지구에 원한이 있음도 압니다. 그래서 저희들에게 쌀쌀맞게 하는 것도 이해는 합니다. 하지만!"

잠시 말을 멈춘 김호철이 자신을 보는 이들을 보며 말을 이었다.

"이해만 하겠습니다."

김호철의 말에 라이언이 눈을 찡그렸다.

"무슨 말이 하고 싶은 거지?"

"지구로 돌아가고 싶은 분들은 이 와이번의 등에 타십시오. 남을 분들은 저희도 더 이상 신경 쓰지 않겠습니다."

라이언의 말에 몇몇 사람의 얼굴에 망설임이 어렸다. 바로 이곳에 정착한 지구 1세대들…….

하지만 망설임은 그리 길지 않았다. 라이언이 소리를 친 것이다.

"가고 싶은 사람은 가도 됩니다."

라이언의 말에 사람들 중 열 명 정도가 앞으로 천천히 나오더니 와이번에 올라타기 시작했다.

하지만 아직도 남은 사람이 많았다.

이백 명가량 되는 사람을 보던 김호철이 라이언을 향해 물었다.

"마을 사람들 목숨보다 당신의 자존심이 더 중요한가?"

굳은 얼굴로 서 있는 라이언을 보며 김호철이 손을 들었다.

"자존심 때문에 마을 사람 모두 죽이고 싶냐고?"

"으득!"

휘리릭!

입술을 깨무는 것과 함께 라이언의 손에는 어느새 권총이 들려 있었다.

철컥! 철컥!

"그 입 다물어."

라이언의 말에 김호철이 피식 웃었다.

"어제 나 싸우는 것 봤는데도 이러는 건가?"

"해보면 알겠지."

김호철이 피식 웃으며 그의 목을 가리켰다.

"그 총 안 내리면 당신 목이 먼저 날아갈 것 같은데."

김호철의 말에 라이언이 슬쩍 자신의 목을 내려다보았다.

그리고 그 시선에 자신의 목 언저리에 닿아 있는 검신이 보였다.

그에 고개를 돌리니 검을 들고 있는 고윤희가 보였다.

라이언의 시선에 고윤희가 미소를 지었다.

"아직 식도 안 올렸는데 과부가 되기는 싫은데……. 총 내려놓자."

고윤희의 말에 그녀를 보던 라이언이 총구를 내렸다.

스윽!

그에 고윤희도 가볍게 검을 내렸다. 그런 두 사람을 보던 김호철이 라이언을 향해 말했다.

"내 물음에 대한 답은?"

"마을 사람들은 내가 지킨다."

"지킨다? 어떻게?"

"내가."

라이언의 말에 김호철이 피식 웃고는 고개를 돌렸다.

사람들이 모여 있는 곳 너머의 시신들을 보며 김호철이 말했다.

"저 죽은 사람들한테도 그렇게 말을 해보지그래? 내가 당신들을 지켜주겠다고."

"이 새끼가!"

버럭 고함을 지르는 라이언을 보며 김호철이 입을 열었다.

"어제 온 놈들이 다시 오지 않을 거라 생각을 하나?"

"그건…….."

"온다에 내 팔을 걸지. 넌 어디에 걸래? 온다? 안 온다?"

"······."

말없이 자신을 노려보는 라이언을 보며 김호철이 진지한 얼굴로 입을 열었다.

"온다에 건다면 넌 자존심을 걸면 된다. 하지만 안 온다에 건다면······."

김호철이 사람들을 보며 입을 열었다.

"네가 지키겠다는 사람들의 목숨을 걸어야 하는데······ 어디다 걸래?"

김호철의 말에 라이언이 말을 하지 않았다.

그런 라이언을 보던 김호철이 강진과 고윤희를 향해 고개를 돌렸다.

"우리는 가죠. 안 가겠다는 분들을 강제로 끌고 갈 수는 없는 일이니까."

김호철의 말에 강진이 고개를 끄덕이고는 훌쩍 땅을 박찼다.

단숨에 와이번의 등에 내려앉는 강진의 모습에 고윤희도 그 뒤를 따라 내려섰다.

그런 둘을 보며 김호철이 뇌전의 날개를 펼쳤다.

파지직! 파지직!

뇌전의 날개를 펼쳐 천천히 솟구친 김호철이 라이언을 바라보았다.

말없이 자신을 내려다보며 답을 말하라는 김호철의 시선에 라이언이 입술을 강하게 깨물었다.

"으드득!"

붉은 피가 흘러내리는 라이언의 입술을 보며 김호철이 입을 열었다.

"자존심이든 뭐든 일단 사람이 살아야 뭐든 되는 것 아닌가?"

김호철의 말에 그를 보던 라이언이 마을 사람들을 돌아보았다. 그리고 자신을 보고 있는 어린아이들의 모습까지…….

'으드득!'

잠시 아이들을 보던 라이언이 김호철을 향해 고개를 들었다. 그러고는 말없이 있던 라이언이 입을 열었다.

아니, 그 입을 열려 할 때 김호철이 손을 들었다.

"자! 와이번에 타신 분들은 일단 다 내려오세요!"

자신이 말을 할 타이밍을 뺏는 김호철의 행동에 라이언이 눈을 찡그렸다.

김호철의 말에 와이번에 탄 사람들이 하나둘씩 내려오기 시작했다.

사람들이 내려오자 김호철이 라이언 옆에 내려서며 웃었다.

"자! 앞으로 잘 지내봅시다."

말과 함께 김호철이 손을 내밀자 라이언이 그를 바라보

았다.

'내 자존심을 지켜준 건가?'

김호철을 보던 라이언이 말없이 그의 내민 손을 잡았다.

자신의 손을 잡는 라이언을 보며 김호철이 소리쳤다.

"자! 와이번의 등이 넓다고는 해도 이 많은 사람을 모두 태우고 갈 수는 없습니다. 1차로 노약자와 여인, 그리고 아이들을 먼저 태우겠습니다."

김호철의 말에 라이언이 사람들을 향해 다가가 먼저 갈 사람들을 나누기 시작했다.

1차로 선별된 30명을 보던 김호철이 강진을 바라보았다.

"최대한 빨리 갔다 오겠습니다."

"내가 있으니 걱정하지 말고 갔다 오시게."

강진의 말에 김호철이 고개를 끄덕이고는 고윤희를 향해 말했다.

"가자."

"나도? 난 여기 있을래."

"네가 왜?"

"강 대협한테 물어볼 것도 있고……."

"여기 있으면 위험할 수도 있어."

"그럼 몬스터들이나 좀 두고 가든가."

고윤희의 말에 김호철의 얼굴에 고민이 어렸다.

강진이 여기에 있기는 하겠지만 그래도 사람 일은 모르고 자신이 없는 사이에 사신들이 또 몰려오면…….

김호철이 강진을 슬쩍 바라보았다. 강진이 대신 가주면 안 되나 하는 뜻을 담아서 말이다.

그 시선에 강진이 고개를 저었다.

"하늘을 날아서 가는 일이다. 난 하늘을 날지 못하니 몬스터가 달려들면…… 저들을 지킬 수가 없다."

강진의 말에 김호철이 입맛을 다셨다. 비행 몬스터가 달려들면 강진은 어떻게든 살아남을 것이다. 하지만 비행 몬스터의 공격에 와이번이 흔들리기라도 하면 그 위에 탄 자들은 다 떨어질 것이다. 결국 김호철이 가야 하는 것이다.

그에 김호철이 고윤희를 바라보았다.

"그냥 나하고 가지."

"나 데리고 갈 거면 다른 사람 한 명 더 태우고 가."

진짜 안 따라올 것 같은 고윤희의 모습에 김호철이 작게 고개를 젓고는 몬스터들을 소환했다.

파지직! 파지직!

몬스터들은 뇌전을 뿜으며 나타났다.

김호철의 몬스터는 암과 뇌, 두 가지 속성을 가질 수 있는 데, 평소에는 암 속성의 몬스터를 소환한다. 아군들이 만져도 아무런 지장이 없도록 말이다. 하지만 공격력이나 강함은 뇌 속성이 더 위이다. 뇌 속성은 감전과 같은 부가 효과를 가지기 때문이다.

그 이유로 김호철은 지금 뇌 속성으로 몬스터들을 소환한 것이다.

오거까지 뽑아놓은 김호철이 다니엘을 바라보았다.

"윤희 말 잘 듣고, 반드시 윤희를 지켜야 한다."

김호철의 말에 다니엘이 가슴에 손을 올렸다.

쿵!

자신의 갑옷을 강하게 때리는 다니엘의 모습에 고개를 끄덕인 김호철이 다른 몬스터들을 향해 말했다.

"너희들도 윤희 말 잘 듣고 있어."

고개를 숙이는 몬스터들을 보던 김호철이 어느새 와이번에 탄 사람들의 옆으로 날아갔다.

-윤희는 내가 죽기 전까지는 상처 하나 생기지 않도록 할 것이니 걱정하지 말거라.

귓가에 들려오는 작은 강진의 목소리에 김호철이 그를 바라보았다.

작게 고개를 끄덕이는 강진을 향해 김호철이 고개를 숙여 보이고는 와이번의 등에 손을 가져다 댔다.

'최대한 빠르게 갔다 온다.'

생각과 함께 김호철이 마나를 강하게 와이번에게 불어넣었다.

"가자!"

김호철의 외침에 와이번이 강하게 날개를 펄럭이기 시작했다.

펄럭! 펄럭!

빠르게 본거지가 있는 곳으로 와이번을 날던 김호철에게 한 노인이 다가왔다.

"와이번을 다루는 능력자라……. 대단하구만."

노인의 말에 김호철이 그를 바라보았다.

"바람에 날아갈 수 있습니다. 몸을 낮추세요."

"후! 늙었다고 해도 나도 지구에서는 대단한 사람이란 소리 들었어. 이 정도 바람은 문제가 안 되지."

말을 한 노인이 손뼉을 쳤다.

"그리고 돌아갈 때는 저 친구도 같이 데리고 가게."

노인이 와이번 등에 탄 한 노인을 가리키는 것에 김호철의 얼굴에 의아함이 어렸다.

"뭐 놓고 오신 거라도?"

김호철의 말에 노인이 피식 웃으며 고개를 젓고는 앞을 바라보았다.

"이렇게 강한 바람을 일반인이 버틸 수 있겠나? 바람에 날려가 버리지."

노인의 말에 김호철이 아차 싶었다.

자신이나 몬스터들은 모두 힘이 좋아 어떻게든 와이번의 비늘이든 살이든 잡고 버티지만 힘이 없는 일반인은 바람에 날아가 버릴 것이다.

"그럼 저분은?"

"바람을 다루지."

노인의 말에 김호철이 고개를 끄덕였다. 바람의 막으로 사람들이 날아가지 않도록 지켜주고 있는 모양이었다.

"다음에 갈 때도 꼭 같이 가야겠군요."

"그렇지."

"그런데 능력이 있는 분도 꽤 오른 모양이군요. 그리고 어르신도 대단한 분이신 것 같고."

"나야 뭐, 자네에 비하면 아무것도 아니지. 데스 나이트에 와이번…… 거기에 비행 능력과 뇌와 암 속성까지……. 후! 지구 능력자 수준이 높아진 것인가?"

노인의 말에 김호철이 그를 보다가 말했다.

"제가 조금 특출한 것이지 지구 능력자 수준이 높아진 것은 아닙니다."

"하긴…… 4년 만에 그리 많이 변할 일은 없겠지."

4년이라 말을 하는 노인의 얼굴에는 슬픔이 어려 있었다.

자신이 지구를 떠난 시간 4년……. 하지만 이곳에서는 40년이 지난 것이다.

잠시 말이 없는 노인을 보던 김호철이 말했다.

"어르신은 지구로 가실 겁니까?"

김호철의 말에 노인이 잠시 있다가 한숨을 쉬었다.

"지구에서 보낸 시간보다 이곳에서 보낸 시간이 더 많으니 어느 곳이 내 고향인지 모르겠군."

"지구에는 가족이 있지 않으십니까, 부모님과 형제들이."

"후! 이렇게 나이 들어 가 뭐라고 한단 말인가?"

"그래도 가족은 가족이죠. 4년 동안 아들 행방도 모르는 부모님 생각도 하셔야죠."

"휴우!"

작게 한숨을 쉬며 고개를 젓는 노인을 보며 김호철이 말했다.

"천천히 생각을 하십시오."

"그래, 그래야겠군."

노인을 보던 김호철이 앞을 보며 말했다.

"앞으로 한 시간 정도만 더 가면 도착합니다."

"한 시간이라…… 알겠네."

노인이 사람들이 있는 곳으로 가는 것을 보며 김호철이 앞을 바라보았다.

'우리를 완전히 믿지는 않은 모양이군.'

노약자를 우선으로 태우라 했다. 그 이유는 혹시라도 사신들이 자신이 돌아오기 전에 공격을 했을 때, 그들과 싸울 전력을 남겨두기 위해서였다.

그런데…… 여기 탄 사람들 중 능력자가 있었다.

아마도 노약자들만을 보내기 불안하고 자신을 완전히 믿을 수 없어 노인 중 강한 능력자들을 섞어 보낸 모양이었다.

'하긴 나라도 이런 상황이면 애들만 보낼 수는 없겠지.'

속으로 중얼거린 김호철이 귀에 손을 가져갔다.

"윤희야, 그쪽에 별문제 없어?"

이어폰을 누르고 말을 하자 잠시 후 고윤희의 목소리가 들려왔다.

─여기는 지금 짐 싸고 있어.

"짐? 사람 옮기는 것도 몇 번을 해야 하는데 무슨 짐을 싸? 어지간하면 다 버리고 오라고 하지?"

─중요한 것들만 챙긴다고 해서 가방 하나 정도로만 챙기라고 했어.

"혹시 그릇 같은 것 챙겨오려고 하면 버리라고 해. 그릇은 지구에서 다시 공수해 올 수 있으니까."

─아! 그리고…….

잠시 말이 없던 고윤희가 웃었다.

―도 국장님한테 한 턱 쏘시라고 해.

"무슨 소리야?"

―그런 게 있어. 그럼 올 때 도 국장님 오셨으면 같이 와.

영문을 알 수 없는 고윤희의 목소리에 김호철이 의아해할 때 무전에 새로운 목소리가 들려왔다.

―나 도원군이다.

갑자기 무전에 끼어드는 도원군의 목소리에 고윤희가 웃었다.

―호랑이시네요.

―내가 한 턱 쏴야 할 일이란 게 뭐냐?

―에이…… 서프라이즈인데.

―쓸데없는 소리 하지 말고, 무슨 일이냐?

―흠…….

말꼬리를 늘리는 고윤희의 음성에 김호철이 말했다.

"그냥 말해. 이러다가 도 국장님 화내실라."

김호철의 말에 고윤희의 목소리가 들렸다.

―증손자 보시겠어요.

뜬금없는 소리에 김호철이 고개를 갸웃거렸다.

"무슨 소리야 증손자라니?"

―여기 집 정리하는 것 도와주다가 한 집에서 도 국장님

사진이 있는 거야. 그래서 물어보니까. 증조할아버지래. 즉! 도 국장님한테 증손자가 생긴 거지.

고윤희의 말에 잠시 말이 없던 도원군의 목소리가 들려왔다.

-증손자?

-그리고 증손자한테 가족도 있어요. 증손자와 증며느리까지 한 번에 보시는 거죠.

부아아앙! 부앙!

거친 엔진음과 함께 새빨간 스포츠카가 흙먼지를 날리며 내달리고 있었다.

빠르게 달리던 스포츠카가 브레이크를 밟았다.

끼이익!

거친 브레이크음과 함께 스포츠카가 드리프트를 하며 멈췄다.

부릉! 부릉!

커다란 엔진 굉음을 내는 스포츠카에서 내린 적발의 사내, 드래곤이 미소를 지었다.

"굉장해!"

기분 좋게 웃으며 스포츠카를 만지는 드래곤을 보던 김호철이 고개를 숙였다.

"마음에 드십니까?"

"아주 굉장히 마음에 들어. 인간이 이런 것을 만들다니. 정말…… 굉장해!"

드래곤의 말에 김호철이 힐끗 땅을 바라보았다.

자신이 가기 전만 해도 불에 탄 맨땅이었던 곳은 아주 단단한 땅이 되어 있었다.

차를 몰려면 울퉁불퉁한 땅보다 반반하고 평평한 땅이 필요하다는 말에 드래곤이 중력 마법으로 땅을 단단하고 평평하게 만들어버린 것이다.

'한두 평도 아니고 이 넓은 땅을 고속도로처럼 만든 당신이 더 굉장하구만.'

속으로 중얼거린 김호철이 스포츠카를 보다가 한쪽에 있는 헬기를 바라보았다.

"헬기는 타보셨습니까?"

"타봤지. 헬기도 굉장해."

드래곤의 말에 김호철이 헬기를 보다가 물었다.

"그런데 자동차고 헬기고 드래곤께서 달리면 더 빠르고, 날면 더 높고 빠르시지 않습니까?"

"그야 그렇지. 하지만 이건 재밌잖아."

웃으며 스포츠카를 손으로 두들기던 드래곤이 차에서 노트북을 꺼내 동영상을 틀었다. 동영상에는 자동차 경주가 한창이었다.

동영상을 유심히 보던 드래곤이 손가락을 튕겼다. 그러자 드래곤의 스포츠카 주위로 여러 대의 스포츠카가 나타나기 시작했다.

진짜 차가 아닌 환영일 테지만 차들은 실제로 앞에 있는 것처럼 거친 엔진음을 토하고 있었다.

부릉! 부릉!

"좋았어! 경주다!"

거친 굉음을 뿜어내며 서 있는 스포츠카들을 본 드래곤이 웃으며 자신의 차에 탔다. 뒤이어 허공에 동영상에 나온 레이싱 모델이 나타나더니 깃발을 휘둘렀다.

부릉!

굉음을 뿜으며 앞으로 달려 나가는 스포츠카들의 모습에 김호철이 감탄을 하며 손뼉을 쳤다.

"드래곤은 노는 것도 스케일이 다르네."

지금 드래곤은 동영상에 나온 스포츠카들을 환상으로 만들어 경주를 하고 있는 것이다.

그런 드래곤의 스포츠카를 보던 김호철이 몸을 돌렸다.

한쪽에서는 김호철이 데리고 온 사람들이 전투식량으로

허기를 달래고 있었다. 간밤에 사신들과 싸운 뒤 불을 끄고 바로 출발을 했기에 식사를 하지 못한 것이다.

김호철이 시선을 돌려 컨테이너 위에 올라가 있는 도원군을 바라보았다.

타앗!

가볍게 땅을 박차 컨테이너 위로 날아간 김호철이 그를 보다가 말했다.

"생각은 좀 하셨습니까?"

김호철의 말에 도원군이 그를 바라보았다.

"조금 당황스럽고…… 긴장되는구나."

도원군의 답에 김호철이 고개를 끄덕였다.

'죽은 아들이 자손을 남겼으니…….'

잠시 도원군을 보던 김호철이 하늘을 보고는 말했다.

"안 가시겠다면 저라도 다시 가야겠습니다. 옮겨와야 할 사람이 많습니다."

도원군이 생각할 시간을 주기 위해 십 분 정도 드래곤이 노는 것을 지켜보았다.

하지만 더 이상 기다릴 수 없다. 가는 데도 시간이 걸리고 오는 데도 시간이 걸린다. 게다가 데리고 와야 할 사람의 수도 많다. 그래서 김호철은 혼자서라도 갈 생각이었다.

그에 도원군이 고개를 저었다.

"아니다. 같이 가자."

도원군의 말에 김호철이 고개를 끄덕이고는 컨테이너를 두들겼다. 그러자 안에서 요시다가 밖으로 나왔다.

"준비는 끝났습니까?"

김호철의 물음에 요시다가 고개를 끄덕이며 네모난 기계를 꺼내 나왔다. 그러고는 한쪽에 쌓아놓은 기계들에 그것을 연결하기 시작했다.

김호철은 컨테이너로 사람들을 데려올 생각이었다. 컨테이너를 가져가면 사람을 더 많이 태워올 수 있을 테니 말이다. 그래서 컨테이너 안에 있는 통신 장비들을 요시다에게 밖으로 꺼내 달라 부탁을 한 것이다. 그대로 컨테이너를 가져가면 통신을 할 수 없으니 말이다.

그 모습을 본 김호철이 고개를 끄덕이고는 한쪽에서 전투식량을 먹고 있는 바람 능력자 노인을 불렀다.

"어르신, 이제 출발합니다."

김호철의 말에 노인이 먹던 전투식량을 입에 털어 넣고는 다가왔다.

"컨테이너 안에서 쉬고 계십시오."

김호철의 말에 노인이 안으로 들어가자 와이번이 다가와 그것을 잡고는 날아올랐다.

펄럭! 펄럭!

와이번의 날갯짓과 함께 김호철과 도원군은 라이언의 마을에 내려서고 있었다.

밑을 내려다보던 김호철은 자신을 향해 손을 흔드는 고윤희를 볼 수 있었다.

그에 와이번의 등을 박차 그녀의 옆에 선 김호철이 주위를 둘러보았다.

"누구야?"

누구를 말하는지 아는 고윤희가 입을 열려 할 때 어느새 그녀의 옆에 나타난 도원군이 입을 열었다.

"말하지 말거라."

"네?"

고윤희의 의아한 시선에 도원군이 한곳을 지긋이 바라보았다.

"내 아들의 핏줄이다."

그러고는 천천히 누군가에게 걸어갔다. 바로 라이언에게 말이다.

라이언에게 다가간 도원군이 그를 보다가 입을 열었다.

"이름이 무엇이냐?"

도원군의 물음에 라이언이 잠시 있다가 말했다.

"라이언 한입니다."

"라이언 한? 도씨가 아니더냐?"

"이 마을에서는 모두 한씨를 쓰고 있습니다."

"한씨?"

"이 마을에서 태어난 아이들은 모두 한씨를 성으로 삼습니다."

"어째서?"

"1세대는 태어난 나라도 가족도 다르지만, 이 마을에서 태어난 사람들은 모두 한가족이라는 의미에서 한씨를 자신의 성으로 합니다."

라이언의 말에 잠시 그를 보던 도원군이 입을 열었다.

"내가 네 증조할아버지다."

"사진에서 봤던 것보다는 조금 늙으셨군요."

"후! 그러냐?"

작게 웃는 도원군을 보던 라이언이 입을 열었다.

"그런데 너무 늦게 오셨습니다."

라이언의 말에 도원군이 그를 보다가 말했다.

"네 아버지는?"

라이언의 아버지는 도원군에게 손자가 될 것이다.

"돌아가셨습니다."

"어떻게?"

"이곳이 어떤 곳인지 아시잖습니까."

'몬스터에게 죽었다는 말인가.'

라이언과 도원군이 이야기를 나누는 것을 보던 김호철이 사람들을 향해 말했다.

"노약자분들은 여기 상자처럼 보이는 컨테이너 안에 들어가십시오. 조금 불편하기는 하겠지만 최대한 많이 타세요. 그리고 와이번 위로도 서른 분 정도 타세요."

라이언과 도원군이 회포를 푸는 것을 보고 있을 만큼 한가하지 않은 것이다.

이미 갈 사람을 선별해 놨는지 사람들이 하나둘씩 와이번과 컨테이너 안으로 들어가기 시작했다.

와이번과 컨테이너에 사람들이 타자 다행히 그 수가 꽤 되었다.

'앞으로 한 번 정도 더 왕복하면 되겠네.'

남은 사람의 수를 잠시 보던 김호철이 고윤희를 바라보았다.

"어지간하면 같이 가지."

김호철의 말에 고윤희가 힐끗 강진을 보고는 고개를 끄덕였다.

"알았다. 같이 가자."

고윤희의 말에 김호철이 환하게 웃으며 그녀의 허리를 안아 들었다.

"이게 또."

자신의 허리를 안아 드는 김호철의 행동에 고윤희가 작게
눈을 흘겼다.

"자꾸 안아."

"자꾸 안고 싶어서 그러지. 가자."

말과 함께 김호철이 솟구치며 고윤희를 힘껏 안았다.

4장
드래곤에 대한 경고

김호철은 하루를 꼬박 자고 난 후 눈을 떴다.

"끄응!"

작은 신음을 흘리며 몸을 일으킨 김호철이 멍한 얼굴로 주위를 보다가 컨테이너 밖으로 나왔다.

밖으로 나온 김호철은 뛰어노는 아이들을 볼 수 있었다. 그리고 컨테이너 위에서 경계를 서고 있는 한국 군인들의 모습도 보였다.

라이언 마을 사람들을 옮겨온 후 한국은 보급과 주거용 컨테이너들을 드래곤이 만든 게이트를 이용해 보내왔다. 그리고 한국 특수부대 일개 대대와 SG 다섯 팀도 보내왔다.

그전에는 돌아올지 말지 확실하지 않았던 일이 확실하게

되었기에 한국은 김호철이 있는 곳을 지구의 거점으로 삼기로 한 것이다.

한국의 보수적인 관료주의를 생각한다면 이 일은 정말 획기적인 일이었다.

이곳에서야 며칠 지난 일이지만 지구에서는 도원군이 처음 가고 군대와 보급을 결정하기까지 다섯 시간밖에 걸리지 않았으니 말이다.

어쨌든 그 덕에 김호철과 일행들이 있는 곳은 한국의 군부대와 비교해도 뒤지지 않는 화력과 시설을 갖추고 있었다.

물론 그 시설이 대부분 컨테이너로 이루어져 있다는 것이 다르기는 했지만 말이다.

밖으로 나온 김호철이 주위를 보다가 한쪽에 있는 컨테이너로 다가갔다. 컨테이너의 한쪽 면에는 포크가 커다랗게 그려져 있었는데 바로 음식을 하는 곳이었다.

그 안에서는 점심 준비가 한창이었다. 수백 명의 사람을 먹일 음식을 만드는 곳이라 정신없이 돌아가고 있는 것이다.

그것을 보던 김호철이 취사병을 향해 말했다.

"저기, 식사 좀 됩니까?"

김호철의 말에 취사병이 식판에 음식을 담아 내주었다. 그것을 받아 든 김호철이 그를 바라보았다.

"이거…… 뭡니까?"

식판에 담긴 음식이 조금 이상했다. 한국에서는 본 적이 없는, 이상하게 생긴 음식이었다. 뭔가 외계의 식물과 같은 것이 양념이 되어 놓여 있는 것이다.

김호철의 물음에 취사병이 식판에 담긴 음식을 가리켰다.

"이곳에서 나는 식재료로 만든 겁니다. 크기는 해도 고사리와 비슷한 맛이라 생각하시면 됩니다."

취사병이 식판에 담긴 것들을 설명하자 김호철이 의아한 듯 물었다.

"지구에서 가져온 식량이 부족합니까?"

"그건 아닙니다. 이곳에서 머무는 동안 이곳 식재들을 확인하라는 지시가 있었습니다."

'보급이 끊길 경우를 대비하는 건가?'

이곳을 거점으로 삼을 경우 생길 수 있는 문제들에 대비하는 것을 안 김호철이 식판에 놓인 음식을 보다가 말했다.

"맛은…… 있습니까?"

"지구 것과 모양은 조금 다르지만 맛은 나물과 비슷합니다. 그리고…… 정력에도 좋습니다."

"정력에?"

"아침에 텐트가 아주 장난이 아닙니다."

취사병이 엄지를 치켜드는 것을 보며 김호철이 식판을 내밀었다.

"더 주십시오."

김호철의 말에 피식 웃은 취사병이 음식들을 더 담아주었다.

컨테이너 위로 올라가 있던 김호철은 저 멀리서 달려오는 고윤희를 볼 수 있었다.

고윤희는 빠르게 나무들의 가지를 디디며 날렵하게 달리고 있었다.

김호철이 손을 흔들자 고윤희가 한 마리 제비처럼 그의 곁에 내려섰다.

사악!

내리는 소리조차도 들리지 않는 가벼운 고윤희를 보며 김호철이 웃었다.

"조깅한 거야?"

"강진 대협이 비연신법이라는 경공술을 가르쳐 주셔서 그거 수련하고 있었어."

"강진 대협이 잘해주나 보네?"

김호철의 말에 고윤희가 웃으며 고개를 끄덕였다.

"무공도 몇 개 더 가르쳐 주셨어."

환하게 웃는 고윤희를 보던 김호철이 한쪽에 있는 컨테

이너를 바라보았다. 그곳에는 라이언의 사람들이 머물고 있었다.

"그런데 생각보다 사람들 수가 줄지를 않았네."

라이언의 사람들을 데리고 온 후 그들은 마법진에 마나가 충전이 되는 대로 한 명씩 지구로 이동을 했다.

한 번 이동하는 데 삼십 분 정도 마나 충전을 해야 하니 하루에 최대 48명을 이동시킬 수 있다. 그런데 생각보다 이동한 사람이 적은 것이다.

김호철의 물음에 고윤희가 한숨을 쉬며 고개를 저었다.

"그게…… 아무래도 저 사람들은 못 갈 것 같아."

"왜? 설마 한국에서 안 받아들이겠대?"

"그건 아니고…… 어린애하고 노약자들은 지구로 가면 죽을 수도 있대."

"죽어? 왜?"

"마나 농도 차이를 버티지 못할 거래."

고윤희의 말에 김호철은 무슨 말인지 이해가 되었다.

'하긴 지구에서 살다가 이곳에 온 건강한 군인들도 다시 지구로 갔을 때 힘들어 했으니……. 이곳에서 태어나고 자란 이들은 지구로 가면 버티기 어렵겠구나.'

그것도 특히 어리고 연약한 아이와 늙은 노인이라면 더욱 말이다.

잠시 생각을 하던 김호철이 고개를 끄덕였다.

"지구로 가 봐야겠다."

"지구는 왜?"

"카인이나 그 부하들도 지구로 가서 생활을 하고 있잖아. 그럼 이 마나 농도 차를 극복하는 방법이나 치료법을 알고 있을 거야."

잠시 말을 멈춘 김호철이 고윤희를 바라보았다.

"그리고 결혼식도 올려야지."

화아악!

빛과 함께 모습을 드러낸 김호철은 몸이 무거워지는 느낌을 받았다.

'처음도 아닌데 익숙해지지 않네.'

아르카디안에서 며칠 있었다고 지구의 마나에 영향을 받는 것이다.

숨을 고르던 김호철에게 고윤희가 소리쳤다.

"이리 와!"

먼저 지구로 와 있던 고윤희가 손을 흔드는 것에 김호철이 그녀에게 다가갔다.

낮이었던 아르카디안과 달리 이곳은 어두운 밤이었다. 하지만 사방에서 비추는 라이트로 인해 대낮처럼 밝았다.

고윤희에게 다가가며 주위를 본 김호철은 분주히 오가는 군인들과 SG들을 볼 수 있었다.

"여기서 하루는 아르카디안에서는 열흘이다! 어서 빨리 움직여!"

"탄약 적재 확인됐습니다."

"주거용 컨테이너는?"

"지금 민간 업자가 개조하고 있습니다."

"미리 만들어 놓은 거라도 사서 가져와!"

지시를 내리는 사람들과 지시를 받는 사람들 모두 바삐 움직이는 것을 보던 김호철은 고윤희에게 다가갔다.

고윤희의 옆에는 백진이 있었다.

"회장님도 계셨습니까?"

"큰일이니까. 아르카디안과 연결된 직통 게이트가 아닌가."

백진의 말에 김호철이 자신이 나온 곳을 바라보았다.

그 자리에 서 있었을 때는 몰랐지만 멀리서 보니 땅에는 복잡한 도형과 문자들이 새겨져 있었다. 그것도 백 미터에 달할 정도로 거대한 마법진이 말이다.

"마법진이 아주 크군요."

"마나도 엄청 많이 잡아먹어. 한 번 가동시키려면 A급 마나석 두 개 정도를 써야 돼."

"돈 잡아먹는 마법진이군요."

"그럼 셈이지. 그래서 지금 대통령이 주변 국가들과 조율 중이야."

"조율?"

"아르카디안에 있는 거점을 중심으로 지구의 세력을 넓히 겠다는 것이 지금 대통령의 계획이야."

"지구의 세력을 넓힌다? 지구 사람들을 구조하는 것으로 알고 있었는데……."

"겸사겸사겠지. 사람도 구하고 아르카디안에 거점도 만들 고……."

"욕심도 많군요."

"불가능하지는 않겠지."

"거기에 몬스터가 많습니다. 몬스터들 사이에서 거점 만들기 쉽지 않을 겁니다."

김호철의 말에 백진이 고개를 저었다.

"그것은 지구와는 상황이 다르지."

"상황?"

"도심에서 다연폭발물을 설치할 수 없고, 화력이 큰 미사일도 쓸 수 없지. 하지만 그곳은 아르카디안…… 화력을 집 중한다 해도 문제될 것이 없어. 준비가 되는 대로 고화력 병기들이 아르카디안으로 넘어가게 될 것이야. 언데드와 마법 생명체 전용 병기들도 넘어갈 것이니……."

잠시 말을 멈춘 백진이 마법진을 보며 입을 열었다.

"충분히 가능해."

백진의 중얼거림에 김호철이 입맛을 다셨다.

'정복욕인가?'

"아르카디안은 그냥 내버려 두고 한국이나 제대로 잘 다스렸으면 좋겠군요."

"후! 하긴 그것도 그렇군."

웃으며 고개를 끄덕이는 백진을 보던 김호철이 말했다.

"그래서 대통령의 계획은 뭡니까?"

"중국과 일본의 군인들과 SG들도 아르카디안으로 보내 3국 공동의 거점으로 삼겠다는 것이야. 지금 중국과 일본에서 군인들과 SG들이 비밀리에 들어오고 있어."

"비밀리라……. 미국 눈치를 보는가 보군요."

한국이 중국과 친밀하게 지내는 것을 미국이 싫어할 것이다.

"미국도 있고 러시아도 있고……. 어쨌든 그들 나라에는 없는 아르카디안의 거점을 우리가 가지게 되는 것이니까."

"계속 비밀로 할 수는 없을 텐데요. 아르카디안에서 사람들을 데려오면 그들 나라로 보내야 할 테고 그렇게 되면 타국도 이 일에 대해 알게 될 것입니다. 비밀 지키겠다고 아르카디안에서 구출한 사람들을 한국에서 억류하고 있을 것이 아니라면요."

김호철의 말에 백진이 고개를 끄덕였다.

"자네 말이 맞기는 하지. 하지만 최대한 비밀로 할 수 있을 때까지는 비밀로 해야겠지."

"전에 보낸 군인들은 어디에 있습니까?"

라이언의 마을 사람들을 구하기 전에 구해온 군인들은 먼저 지구로 귀환을 한 것이다.

"지금은 지구 마나에 적응하기 위해 재활 시설에 있네."

"그들 대사관에는 연락하지 않았겠군요."

"여기 온 지 반나절도 되지 않았네. 회복을 좀 하고 난 후에 사정을 이야기하고 재활 기간 동안만 참아 달라고 해야겠지."

"그들이 그것을 응낙할까요? 나라를 위해 게이트를 넘어간 분들인데."

"이곳에서 하루는 아르카디안의 열흘. 재활 기간 동안 그들도 움직이기 힘드니 거점을 만들어 놓기에 충분하지."

그러다가 백진이 김호철을 바라보았다.

"도 국장 증손자를 찾았다면서?"

김호철이 고개를 끄덕이자 백진이 미소를 지었다.

"아들 그렇게 보내고 마누라도 죽어 외로운 친구였는

데······. 다행이군. 어떤 애더냐?"

"지구에 원한이 조금 있습니다. 자기들 버려뒀다고."

"도 국장은?"

"가까이 하려고 하는데······ 그 친구가 거리를 두는군요."

"거리?"

"반감을 표하지는 않지만······ 거리를 두는 존대 같은 것 있잖습니까. 깍듯하게 굴면서 거리를 안 주는."

"도 국장 속이 좋지 않겠군."

"시간이 지나면 풀어지지 않겠습니까. 누가 뭐래도 한 핏 줄인데."

"하아!"

도원군과 친한 사이인 백진은 이 상황이 안쓰러운지 작게 한숨을 쉬었다.

그러다가 백진이 김호철을 바라보았다.

"그래, 윤희 양과 결혼을 하기로 했다고?"

김호철이 고윤희를 보자 그녀가 고개를 끄덕였다.

"내가 축의금 왕창 달라고 했어."

고윤희의 말에 김호철이 백진을 바라보았다.

"축의금 왕창 부탁드리겠습니다."

"후! 돈도 많이 버는 친구가 늙은이 등골을 뽑아먹으려는 건가?"

"요즘 국가의 중대사를 하느라 제가 돈 벌 시간이 없지 않습니까."

"하긴 그것도 그렇군."

백진과 이야기를 나누던 김호철이 핸드폰을 꺼내 시간을 보고는 말했다.

"이만 가 보겠습니다."

"언제 올 건가?"

"내일 안에는 다시 올 겁니다."

백진과 인사를 나눈 김호철이 고윤희를 잡고는 하늘로 솟구쳤다.

파지직! 파지직!

김호철은 행복 사무소 건물 공사장 위에 있었다.

발아래로 보이는 건물 공사 현장을 보던 김호철이 입맛을 다셨다.

"공사 진행이 느리네."

김호철의 말에 고윤희가 피식 웃었다.

"아르카디안에서 며칠이 지났지만, 여기서는 하루도 안 지났어."

"하긴…… 그럼 일단 혜원이 빌라로 가자."

말과 함께 김호철이 혜원이 빌라로 움직였다.

그리고 빌라 앞에 내려선 김호철은 고윤희를 바라보았다.

"일단 들어가 있어."

"넌 어디 가게?"

"카인을 만나야지."

"연락했어?"

"지금부터 연락해 봐야지. 연락 안 되면 나도 들어갈게."

그러고는 김호철이 작게 속삭였다.

"문 잠그지 말고 있어."

김호철의 말에 고윤희가 피식 웃으며 그의 귀에 작게 속삭였다.

"밝히다가 죽는 수가 있다."

그러고는 김호철의 정강이를 후려쳤다.

퍽!

"크윽!"

김호철이 신음을 흘리며 정강이를 붙잡자 고윤희가 작게 혀를 내밀고는 빌라 안으로 들어갔다.

그 모습을 보던 김호철이 핸드폰을 꺼내 카인에게 전화를 걸었다.

하지만 역시 통화는 연결되지 않았다. 잠시 핸드폰을 보던 김호철이 문자를 보냈다.

-이 문자 바로 볼 수 있을지 없을지 모르겠지만 부평 공원 입구에서 십 분 동안 기다리겠습니다. 아니면 이 문자 보는 대로 연락을 주십시오. 내일 오전까지만 연락 받을 수 있습니다. 긴급한 일입니다!

　문자를 보낸 김호철이 부평 공원 입구 쪽으로 걸음을 옮겼다.

　천천히 부평 공원 입구로 걸음을 옮기던 김호철의 얼굴에 의아함이 어렸다.

　부평 공원 입구에 카인이 서 있었던 것이다.

　"김호철 씨!"

　웃으며 손을 흔들고 있는 카인의 모습에 김호철이 황당한 얼굴로 그에게 다가갔다.

　"제 문자 보고 오신 겁니까?"

　문자를 보내고 부평 공원까지 걸어오는 데 4분밖에 안 걸렸는데 카인이 벌써 온 것이다. 마치 기다렸다는 듯이 말이다.

　"그럼요. 김호철 씨가 보자고 하는데 어떻게 늦겠습니까. 문자를 확인한 대로 바로 온 겁니다."

　"핸드폰은 꺼져 있던데?"

　"핸드폰은 꺼져 있어도 문자는 다른 핸드폰으로 오게 해

났죠."

"그건 추적 안 됩니까?"

"세상에 안 되는 일이 어디에 있겠습니까? 힘들거나 어렵거나 해도 하려고 하면 다 되겠죠. 하지만 이 문자는 외국 서버로 갔다가 그곳에서 저한테 발신을 다시 해주는 거라 한국 쪽에서는 추적하기 어렵죠."

"복잡하군요."

"복잡한 거야 하는 사람들이고 시키는 제 입장에선 그리 복잡할 것은 없죠."

웃으며 김호철을 보던 카인이 입을 열었다.

"그런데 긴급이라는 일이 뭡니까?"

카인의 말에 김호철이 그를 보다가 자신의 허리띠를 두드렸다.

"여기에 추적 마법 걸어놓으셨죠?"

"아니, 무슨 그런 말씀을 하십니까? 그런 적……."

말을 하던 카인은 자신을 지긋이 보는 김호철의 시선에 어색하게 웃었다.

"없다고 하면 안 믿을 눈이군요."

"그럴 거라 생각했습니다."

"그래도 오해는 하지 마십시오. 혹시라도 김호철 씨에게 도움이 필요할 때를 대비해서 추적 마법을 걸어놓은 것입니다."

카인의 말에 김호철이 그를 보며 말했다.

"그리고 제가 아르카디안에서 만났던 사신들…… 그들도
아마 카인 후작께서 보내신 것으로 짐작을 합니다."

"그건…….."

"사실대로 말해주셔도 됩니다. 죽은 것은 그쪽이고 우리
는 무사하니 문제 삼진 않을 겁니다. 그리고 아마 그들을 보
낸 이유는 카인 후작의 선의였겠죠. 저를 돕기 위해서……."

김호철의 말에 카인이 그를 바라보았다.

'인정해야 하는 건가?'

카인이 고민을 할 때 김호철이 말을 이었다.

"그런데 보낸 이들이 제가 구한 지구인들을 봤고, 아르카
디안의 정보를 지구로 넘기지 않기 위해 저희를 공격했겠죠.
이해합니다. 카인 후작의 생각과 달리 일이 꼬였다는 것."

"그럴 수도 있고 아닐 수도 있겠지요. 그런데 지금 이 이
야기를 하는 이유는?"

"다 풀고 가자는 겁니다. 어차피 저희나 그쪽이나 서로 도
움이 필요한 사이니까요."

"다 풀고 가자……."

김호철의 말에 잠시 그를 보던 카인이 입을 열었다.

"그동안 이 일에 대한 말이 없다가 지금 와서 풀고 가자고

하는 것을 보면…… 뭔가 일이 있는 모양이군요."

"맞습니다. 이 일로 인해 나중에 카인 후작이나 저나 서로 간에 오해가 생기는 것을 막기 위해서입니다."

잠시 서로 눈을 응시하던 카인이 고개를 끄덕였다.

"오해는 없어야겠죠. 좋습니다. 그런데 무슨 일이 생긴 겁니까?"

"아르카디안에서 막고 있는 그쪽 땅에 관한 정보들, 이제는 막을 수 없습니다."

"흠…… 막을 수 없다."

김호철의 눈을 보며 중얼거리던 카인이 입을 열었다.

"아무래도…… 진짜 막지 못할 일이 생긴 모양이군요."

"그래서 트루실 왕국과 저희들이 협력을 할지 적이 될지 결정을 해야 합니다."

"저희가 진짜 막지 못할 일이라면…… 협력을 하겠습니다."

"막을 수 있다면 막아봐도 됩니다. 하지만…… 그 피해는 전적으로 그쪽의 몫입니다. 앞으로 트루실 왕국은 한, 중, 일 3국의 적입니다."

그러고는 김호철이 카인을 바라보았다.

"적이 될 것입니까?"

"막지 못할 것이라 생각하는 이유가 뭡니까?"

"저 많이 강해졌습니다."

"후! 설마 김호철 씨 한 명이 막지 못하는 이유입니까?"

"이유가 안 된다 생각하십니까?"

김호철의 물음에 카인이 그를 보다가 입을 열었다.

"지구에서는 이유가 안 될 것 같지만…… 아르카디안에서는 조금은 문제가 될 것 같군요."

카인의 말에 김호철은 조금 자존심이 상했다. 하지만 카인은 강하다. 이런 말을 할 자격이 있다.

"저와 비슷한 수준의 강한 능력자 다수가 마물의 산맥에서 거점을 만들고 있습니다. 그리고 그 거점으로 한중일 3국의 군사력이 집결하고 있습니다."

"3국과 적이 될 것이라는 말의 의미가 이거군요. 하지만…… 3국의 군사력이 전부 가는 것은 아닐 터……. 마물의 산맥을 지키는 강철의 군대라면 그 거점 무너뜨리는 데 하루면 될 겁니다."

"진심입니까?"

"풀고 가자는 말 진심인 것처럼 저 역시 진심입니다. 강철의 군대의 수는 십만입니다. 그리고 지구인들이 말하는 사신이 바로 그 강철의 군대입니다. 제 말이 무슨 의미인지 아시겠습니까?"

카인의 말에 김호철이 피식 웃었다.

"그들이 다 사신이라…… 후! 제가 바보로 보이십니까?"

김호철의 말에 카인이 고개를 갸웃거렸다.

"그게 무슨……."

"기사가 십만이라……. 제가 본 사신은 B급 몬스터 정도는 쉽게 상대할 정도의 실력이더군요. 지구로 따지면 십만의 능력자……. 그 정도 전력이라면 저희와 손을 잡는 것이 아니라 지구를 정복하는 것도 쉬운 것 아닙니까?"

"하!"

김호철의 말에 작게 고개를 저은 카인이 입을 열었다.

"마물의 산맥은 저희 아르카디안 사람들의 공통된 문제입니다. 그래서 강철의 군대는 아르카디안에 존재하는 모든 국가에서 기사와 마법사를 파견합니다."

"모든 국가에서 파견?"

"강철의 군대가 한 국가의 군대라고 한 적은 없습니다. 십만의 기사가 한 국가에 속해 있다면 김호철 씨 말대로 지구 정복을 노릴 수도 있겠죠. 하지만 그들은 오직 마물의 산맥을 지키는 일로만 움직입니다."

카인의 말에 김호철이 다시 웃으며 고개를 저었다.

"아무리 그래도 저는 사신이 십만이라는 말 믿지 못하겠습니다. 기사라는 것이 그리 흔한 것은 아닐 것이니……."

잠시 말을 멈춘 김호철이 카인을 보며 싱긋 웃었다.

"아무래도 카인 후작께서 진패와 허패를 섞은 것 같군요."

"진패와 허패라 무슨 말인지……."

"진패는 아마 강철의 군대 수가 십만이라는 것…… 그리고 허패는 사신이 십만이라는 것이겠죠. 제 생각에 아마 사신의 수는 많아야 오천이 안 될 겁니다."

김호철의 말에 카인이 그를 보다가 입을 열었다.

"십만과 오천이라……. 최소 오천의 수도 적은 것은 아닐 텐데요."

"적은 수가 아니죠. 하지만 지구의 무기와 우리 능력자들이라면 못 막을 수도 아닙니다. 우리는 공격하는 입장이 아닌 수성을 하는 입장이고 지구가 아닌 타 행성입니다. 공격을 받는다면 핵까지는 아니더라도 고화력의 병기들을 사용하는 데 망설이지 않을 겁니다."

잠시 말을 멈춘 김호철이 손가락을 하나 들어 보였다.

"그리고 그 병기들은 대부분 단추 하나로 발사가 가능하죠."

굳은 얼굴의 카인을 보며 김호철이 피식 웃었다.

"하지만 그런 일까지는 생기지 않을 겁니다."

"그렇습니까?"

"그쪽에서 막고자 하는 그쪽 세상의 정보는 물론 마물의 산맥 내로 한정이 되기는 하지만 이미 수십 년에 해당하는 조사 자료들이 지구로 들어왔습니다. 그리고 그것을 십여 개국의 과학자들이 밤낮으로 조사를 하고 있습니다. 이미 그쪽에서 막고자 하는 정보들이 넘어온 겁니다."

"마물의 산맥 내로 한정된 정보겠지요."

"물론…… 하지만 세상 돌아가는 게 이 동네와 저 동네가 그리 다르지 않습니다. 하루 세 끼 먹는 것 똑같고 먹으면 자고 싶고, 자고 일어나면 똥오줌 싸고 싶은 것처럼……."

그러고는 김호철이 카인을 보며 입을 열었다.

"그리고 저희가 아니더라도 이미 TNT를 아르카디안으로 넘긴 독일은 그쪽 세상의 정보에 대해 알고 있을 겁니다. 이 사실이 알려지면 독일도 어쩔 수 없이 그 정보를 오픈할 수밖에 없을 터……. 그쪽에서 막고 싶어도 막을 수 있는 일이 아닙니다."

김호철의 말에 카인이 생각을 해보니 일리가 있었다.

아르카디안 국가들이 철저하게 막고 있는 정보들이 이미 지구로 넘어간 것이다.

'타이란 백작의 희생이…… 개죽음이 됐구나.'

정보를 막기 위해 김호철을 공격했던 타이란 백작…….

그의 죽음이 아무런 가치가 없었던 것이다.

심각한 얼굴을 하고 있던 카인이 김호철을 바라보았다.

"그래서 원하는 것이 뭡니까?"

"지금은 아르카디안 사람이 지구로 왔을 때 마나 농도 차로 생기는 질환 치료법을 알고 싶습니다."

김호철의 물음에 카인이 그를 보다가 고개를 저었다.

"이건 마땅한 치료법이 없습니다."

"없습니까?"

"오직 적응 기간뿐입니다. 저희 같은 경우도 한 달가량 적응 기간을 거치고 활동을 합니다."

"노약자들 같은 경우는 적응 기간을 버티지 못하고 죽을 수도 있다 하던데……."

김호철의 말에 카인이 고개를 저었다.

"이곳에 오는 저희 사람은 모두 고르고 고른 정예입니다. 노약자가 올 일이 없습니다."

노약자가 올 일이 없으니 노약자를 위한 치료 방법을 연구할 필요가 없는 것이다.

잠시 그를 보던 김호철이 물었다.

"그럼 아르카디안의 노약자들은 지구로 올 수 없는 겁니까?"

김호철의 물음에 카인이 고개를 저었다.

"아르카디안에서 태어난 이들은 지구로 오는 순간 몸에 납 덩어리를 달고 있는 것과 같은 무게감을 느낍니다. 바람에도 통증을 느끼고, 뛰는 것도 힘이 듭니다. 노약자가 지구로 온다면 그 충격에 심장이 멈출 수도 있습니다."

"그렇군요."

고개를 끄덕이는 김호철을 보며 카인이 슬며시 말했다.

"거점에 대해서 듣고 싶군요."

카인의 말에 김호철이 그를 보고는 자신의 허리띠를 가리켰다.

"내일 오후에 아르카디안으로 돌아갑니다. 그때 저와 같이 가시죠."

김호철의 말에 카인이 그를 보다가 말했다.

"저희가 거점을 알아내고 공격할 수도 있는데…… 그만큼 저를 믿으시는 겁니까?"

김호철이 피식 웃었다.

"믿는다라……. 저는 카인 후작을 믿지 않습니다."

"하! 조금 민망하군요."

대놓고 자신을 믿지 않는다 말할 줄은 몰랐던 것이다. 그런 카인을 보며 김호철이 말했다.

"카인 후작은 자신의 인생을 나라를 위해 사신 분입니다. 애국자고 충신입니다."

"병 주고 약 주시는 겁니까?"

"애국자시고 충신이신데, 우리나라의 애국자, 충신이 아니니까요. 트루실 왕국을 위해서라면 뭐든 할 수 있는 분……. 카인 후작의 정의는 자신이 아닌 트루실 왕국의 국익이니,

저는 카인 후작을 믿지 않습니다."

김호철의 말에 카인이 그를 보다가 입을 열었다.

"제가 그쪽 거점을 보는 것이 트루실 왕국에 이익이 될 것이라 생각하는 모양이군요."

"드래곤을 보신 적이 있습니까?"

김호철의 말에 카인이 웃었다.

"드래곤이라……. 후! 봤다면 이 자리에서 김호철 씨와 이야기를 나누고 있지는 못하……."

말을 하던 카인이 김호철을 바라보았다. 그리고 카인의 얼굴에는 경악이 어려 있었다.

이 상황에서 드래곤이라는 이야기…… 뜬금없다. 하지만 자신이 생각을 한 최악의 상황이라면…….

"믿을 수 없군요. 아니, 말도 안 됩니다. 그럴 리가…… 없습니다."

강하게 부정하는 카인을 보며 김호철이 입을 열었다.

"드래곤이 저희 거점에서 살고 있습니다."

"그런 말도 안 되는……."

"내일 가서 보시면 될 일이고……. 묻겠습니다. 드래곤이 사는 곳을 공격할 자신이 있습니까?"

김호철의 말에 카인이 그를 보다가 말했다.

"확실하게 말하십시오. 드래곤이 있습니까? 없습니까?"

"내일 가서 보시면……."

"말을 하라고! 드래곤이 있어! 없어!"

소리를 지르는 카인의 모습에 김호철이 놀라 그를 볼 때, 카인이 한숨을 깊게 내쉬고는 자신의 눈가를 손으로 눌렀다.

그러고는 잠시 숨을 고르다가 입을 열었다.

"드래곤은…… 인간이 접근해서는 안 되는 존재입니다. 그래서 다시 묻겠습니다. 드래곤이 그곳에 있습니까?"

"있습니다."

김호철의 말에 카인이 입술을 깨물었다. 그리고 잠시 있다가 입을 열었다.

"드래곤에게 접근하지 마십시오."

"우리가 접근한 것이 아니고 그가 우리에게 왔습니다."

"드래곤이 접근? 왜 당신들은 살아 있지?"

의아해하는 카인을 보며 김호철이 사정을 설명했다.

그 이야기를 들은 카인이 굳은 얼굴로 턱을 쓰다듬다가 입을 열었다.

"아르카디안에서 드래곤이 모습을 보이지 않은 것은 삼백 년 정도 되었습니다. 저에게도 드래곤은 전설과 같은 이야기……. 하지만 제가 들은 드래곤의 전설 중 하나만 맞아도 그 힘은 아르카디안을 멸망에 이르게 할 수도 있습니다."

카인의 말에 김호철이 고개를 갸웃거렸다.

'드래곤이 강한 줄은 알았지만…… 한 대륙을 멸망시킬 정
도로 강하다?'

김호철이 속으로 적발의 드래곤을 떠올릴 때 카인이 입을
열었다.

"드래곤을 멀리 하십시오."

"그게…… 저희 마음대로 되는 것이 아니라서."

김호철의 말에 카인이 굳은 얼굴로 그를 보다가 입을 열
었다.

"드래곤에 대한 이야기를 해주신 것 감사합니다."

"서로 간에 '오해'가 없기를 바랄 뿐입니다."

"오해라……."

"그리고 한 가지 더……."

카인이 바라보자 김호철이 입을 열었다.

"아르카디안과 지구는 적이 아닙니다. 서로 협력해서 양
행성 간에 도울 것은 돕고, 교류할 것은 교류해야 합니다."

"그 말은?"

"트루실 왕국에서 아르카디안의 국가들과 지구의 범행성
간의 협조와 교류에 대해 중재자 역할을 해주실 수 있겠습
니까?"

"범행성 간?"

"아르카디안의 거점에 관한 사실이 얼마 안 있으면 지구에

알려지게 될 것입니다. 그렇다면 다른 국가들도 그 거점에 자국의 병력을 주둔시키려 할 것입니다. 이렇게 되면 거점의 더 커질 것이고 마물의 산맥의 영향력도 커질 겁니다."

잠시 말을 멈춘 김호철이 카인을 바라보았다.

"지금 아르카디안의 정서를 본다면 이런 상황 마땅치 않을 겁니다. 대규모로 공격을 할 수도 있습니다. 그렇게 된다면 지구와 아르카디안의 전쟁입니다. 전쟁을 바라십니까?"

"전쟁을 바라는 사람이 어디에 있겠습니까?"

"맞습니다. 지구의 과학과 아르카디안 마법의 교류. 이것이 최선입니다. 그리고 이 교류, 더는 막을 수 없는 일입니다."

김호철의 말에 카인이 그를 보다가 입을 열었다.

"내일, 아니, 세 시간 후에 혜원 양 빌라 앞에서 기다리겠습니다. 사안이 사안인 만큼 제 눈으로 직접 확인해야겠습니다."

카인의 말에 김호철이 고개를 끄덕였다.

"세 시간 후에 뵙겠습니다. 아! 그리고……."

김호철의 그리고라는 말에 카인이 한숨을 쉬었다.

"이제는 호철 씨 입에서 무슨 말이 나올지 두렵군요."

카인의 말에 김호철이 작게 고개를 젓고는 말했다.

"저 결혼합니다."

"결혼?"

"그렇게 되었습니다. 아주 간단하게 식 올리고 할 생각이니 내일 오실 때……."

김호철이 뒷말을 웃음으로 대신하자 카인이 피식 웃었다.

"후! 알겠습니다. 결혼 선물 준비하겠습니다."

카인의 말에 고개를 끄덕이던 김호철이 문득 자신의 허리띠를 풀어서는 그 안에서 망토를 꺼냈다.

"그건……."

김호철이 꺼낸 것은 바로 사신의 망토였다.

놀란 눈으로 보고 있는 카인을 보며 김호철이 망토를 보며 말했다.

"이거 사용법 좀 알려주십시오."

김호철의 말에 카인의 얼굴이 굳어졌다.

"죽은 자들에게서 벗긴 것입니까?"

카인의 얼굴에 담긴 불쾌감을 읽은 김호철이 그를 보다가 말했다.

"전에 사신 한 명에게 이런 말을 했습니다. 죽은 인간의 몸에서 마나석을 빼낸 것이냐고. 그러자 그가 그러더군요. 마나석은 마나석 아니냐고……. 저는 마땅히 할 말이 없었는데 카인 후작께서는 하실 말씀 있습니까?"

김호철의 말에 카인이 그를 보다가 한숨을 쉬며 고개를 저었다.

"망토는…… 망토군요."

"그럼 사용 방법은?"

김호철의 물음에 카인이 입을 열었다.

"강철의 망토라 불리는 겁니다. 강철의 군대 사신들에게 지급되는 최고급 마법 아이템입니다. 방한, 방열은 기본이고 방검, 방마 역시 기본 사항입니다."

"제 뇌전을 막아내던데……. 그게 기본 사항입니까?"

"망토에 마나를 흘러 방검과 방마를 강하게 할 수 있습니다."

말과 함께 카인이 손을 내밀었다.

그에 김호철이 망토를 건네주자 카인이 그것을 펼쳐 자신에게 둘렀다. 그리고 목 쪽에 달린 수실들을 가리켰다.

"여기 단추 두 개가 보일 겁니다. 녹색은 방검, 적색은 방마……. 필요한 상황에서 두 단추 중 하나를 잡고 마나를 불어 넣으면 됩니다."

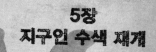

5장
지구인 수색 재개

"저 윤희하고 결혼합니다."

밥을 먹던 행복 사무소 사람들과 혜원이 놀란 얼굴로 그를 바라보았다.

갑작스러운 폭탄 선언이었다.

"이거 오자마자…… 라고 하기는 그렇고. 그쪽에서 며칠 있는 동안 설마…… 살림이라도 차린 거야?"

박천수의 말에 김호철이 싱긋 웃었다.

"살림까지는 아니고…….

"살림은 아니고 잠은 잤다는…….

말을 하던 박천수가 급히 고개를 숙였다.

사악!

그의 머리 위를 날카로운 검이 훑고 지나갔다.

스르륵!

머리카락이 베어 떨어지는 것에 박천수가 소리쳤다.

"야, 이년아! 방금 죽을 뻔했잖아!"

박천수의 말에 검을 어깨에 올리고 툭툭 치던 고윤희가 혀를 찼다.

"쯥! 조금 얕았나?"

아쉬워하는 고윤희의 모습에 박천수가 소리쳤다.

"이게 진짜!"

화를 내려던 박천수를 향해 혀를 날름한 고윤희의 검을 집어넣었다.

"어쨌든 그렇게 됐으니까. 다들 축의금 많이 부탁해."

자신에게 신경도 쓰지 않는 고윤희의 모습에 박천수가 콧방귀를 뀌고는 말했다.

"그래, 축의금 많이 넣어주지. 호철이 쪽으로!"

"그래도 되고. 어차피 호철이 통장 내가 관리하기로 했으니까."

고윤희의 말에 박천수가 깜짝 놀라 김호철을 바라보았다.

"호철아, 무슨 그런 바보 같은 생각을 했어. 윤희한테 맡기면 네 돈 가지고 쇼핑이나 하고 다닐 텐데!"

박천수의 말에 고윤희가 웃었다.

"오빠 돈 가지고 쇼핑할 것은 아니니까 신경 끄시고."

고윤희가 김호철 옆에 가서 서더니 말했다.

"앞으로 행복하게 잘 살겠습니다."

고윤희의 말에 혜원이가 말했다.

"그런데 결혼식은 어떻게 하려고요?"

"여기 있는 사람들끼리 간단하게 하면 되지."

"결혼식장은요?"

혜원의 말에 고윤희가 고개를 저었다.

"식장은 무슨 그냥 날 좋은 날 여기 있는 사람들하고 밥이나 먹는 거지."

고윤희의 말에 김호철이 그녀를 바라보았다.

"그래도 되겠어?"

"왜? 호철이는 식장에서 하고 싶어?"

"그건 아니지만…… 여자들은 웨딩드레스 입고 싶어 하지 않아?"

"됐어. 하루 입고 말 건데 괜히 돈 버릴 것 없어."

"네가 좋다면 나야 상관없는데……."

말을 한 김호철이 문득 밖을 바라보았다.

"그러고 보니 오늘 날씨 좋다. 지금 할까?"

김호철의 말에 혜원이 황당한 얼굴로 그를 바라보았다.

"오빠! 무슨 결혼식을 번갯불에 콩 구워 먹듯이 해."

혜원의 말에 김호철이 그런가 하고 생각할 때 고윤희가 밖을 한번 보고는 고개를 끄덕였다.

"지금 하자."

"언니!"

혜원의 말에 고윤희가 웃었다.

"어차피 나도 가족 없고, 호철이도 혜원이뿐이잖아. 양가에 인사드릴 것도 없고, 올 사람도 없어. 그러니 오늘 하든 내일 하든 상관없을 것 같아."

고윤희의 말에 혜원이 김호철을 바라보았다. 그 시선에 김호철이 어깨를 으쓱했다.

상관없다는 김호철의 행동에 혜원이 한숨을 쉬었다.

"어쨌든 오늘은 안 돼요."

"왜?"

"아무것도 없는데 하기는 뭘 해요. 꽃이라도 채우고 주변 동네분들에게 떡이라도 돌려야죠."

"그럴 필요가……."

"있어요."

단호한 혜원의 말에 김호철이 입맛을 다시고는 고개를 끄덕였다.

"알았어."

"두 사람한테 맡겼다가는 물 한 잔 떠 놓고 결혼 끝 할 것

같으니까. 결혼 준비는 제가 알아서 할게요."

"필요한 것 있으면 이걸로 사."

김호철이 지갑에서 카드를 꺼내 내밀자 혜원이 고개를 끄덕이고는 그것을 받았다.

"비밀번호는?"

"네 생일."

자신의 생일이 비밀번호라는 말에 혜원이 카드를 보다가 고개를 끄덕였다.

"알았어."

그런 사람들을 보던 김호철이 문득 벨트를 풀었다.

그 모습에 박천수가 웃었다.

"어허! 호철아, 첫날밤이 아무리 급해도 그렇지 여기서 이러면……."

박천수의 말에 김호철이 벨트를 풀다가 그를 바라보았다.

"제가 아르카디안에서 정력에 좋은 음식을 가져왔는데…… 필요 없으신가 봐요?"

정력이라는 말에 오현철이 급히 다가왔다.

"천수는 쓸모없어도 나는 아주 쓸모가 많지. 뭔데?"

오현철의 말에 박천수 역시 급히 말했다.

"형수님도 외국에 있는 양반이 정력에 좋은 것 먹어서 어디다 쓰려고요. 정력에 좋은 건 역시 총각인 제가 필요하죠.

호철아, 어서 허리띠 풀자. 첫날밤이 아니면 뭐 어떠냐. 요즘은 혼수가 애라잖냐."

그런 두 사람의 모습에 피식 웃은 김호철이 벨트를 풀어서는 안에서 이상하게 생긴 나물을 꺼내 들었다.

대가리는 유난히 크고 몸통은 아주 가늘게 생긴 나물은 팔뚝만 했다.

마치 고사리가 대가리만 주먹만 하게 생긴 듯한 모양이고…… 신체로 비유를 하자면 야동에서나 나올 것 같은 그런 튼실한 물건과 비슷했다.

"이거, 생긴 것부터가 범상치가 않은데."

"그러게요. 이건…… 내가 바로 정력제다. 라고 몸으로 말을 하고 있는 것 같습니다."

두 사람이 탐욕스러운 눈으로 나물을 보고 있을 때 김호철이 벨트에서 그것들을 꺼내기 시작했다.

탁자에 하나 가득 나물들을 쌓은 김호철이 주방 아주머니들을 향해 말했다.

"아주머니들도 이것 좀 가져다…… 험! 아저씨들 좀 해드리세요."

김호철의 말에 아주머니들이 슬며시 밖으로 나왔다.

그렇지 않아도 게이트 너머 세상에서 정력제를 가져왔다는 말에 호기심을 가지고 있었다.

정력제는 남자만 좋아하는 것이 아니다. 아내가 남편에게 정력제를 먹이는 이유가 있으니 말이다.

그래서 아주머니들도 관심을 가지고 그 나물을 바라보았다.

"이게 그 게이트 너머 세상에서 나는 거예요?"

"네, 아! 그리고 여기서 들은 이야기들은 밖에서 절대 하시면 안 되시는 것 알죠?"

김호철의 말에 아주머니들이 고개를 끄덕였다.

"그야 당연하죠. 게다가……."

아주머니들이 혜원을 바라보았다. 그 시선에 김호철이 혜원을 보자 그녀가 말했다.

"여기서 들은 이야기를 밖에서 하려고 하면 두통이 생기는 작은 제약을 걸었어."

혜원의 말에 김호철이 눈을 찡그렸다.

"그렇게 할 필요가 있어?"

"아주 작은 두통이야. 그리고 아주머니들도 동의하신 거고."

혜원의 말에 아주머니들이 고개를 끄덕였다.

"그건 혜원 양 말이 맞아요."

"그래, 사람 입이 어디 마음대로 되나. 그리고 두통도 그리 안 심하니 호철 씨, 너무 신경 쓰지 마."

아주머니들의 말에 박천수가 고개를 끄덕였다.

"그래, 그런 일은 이미 끝난 일이니까. 이제 이것에 신경 쓰자. 이거 어떻게 먹는 거야?"

박천수의 말에 김호철이 그들을 보다가 주머니에서 종이 한 장을 꺼냈다.

"이건 요리법입니다."

김호철의 말에 아주머니들이 종이를 받아 읽어보고는 말했다.

"이거 고사리하고 맛이 비슷하다고 되어 있네요."

"네, 대가리가 큰 것 말고는 고사리하고 비슷합니다."

김호철의 말에 박천수가 지긋이 나물을 쥐어보고는 말했다.

"효과는 확실한 거고?"

"제가 아직 효과를……."

슬쩍 고윤희를 본 김호철이 말을 이었다.

"……시험해 보지는 못했지만 아침에 일어나면 사람들 있는 곳에 나가지 못합니다."

자신의 하체를 내려다보는 김호철의 모습에 혜원과 마리아가 슬쩍 고개를 돌렸다.

하지만 오현철과 박천수와 같은 남자들의 시선은 모두가 김호철의 하체로 향했다.

"호오! 텐트를 친다는 말이겠지?"

"바로 나가지 못할 정도로 효과가 있다는 건가?"

박천수와 오현철의 말에 김호철이 고개를 끄덕였다.

"사람들 앞으로 나가기 전에 애국가 두 번은 불러야 할 정도의 효과는 있는 것 같습니다."

김호철의 말에 박천수가 아주머니들을 바라보았다.

"고사리하고 비슷하다고 하니 앞으로 육개장은 이걸로 끓여주십시오."

"알았어요. 그리고…… 우리도 이거 좀 가져가도 될까요?"

아주머니의 말에 김호철이 고개를 끄덕였다.

"자주 가져올 테니 필요한 만큼 가져가세요."

"고마워요."

아주머니들이 환하게 웃으며 나물들을 주방으로 옮기기 시작했다.

그 모습을 보던 김호철이 벨트에 다시 손을 넣었다.

"다른 것도 가져온 거야?"

기대감을 가지고 묻는 박천수를 보며 김호철이 벨트에서 망토들을 꺼냈다.

"이건 사신 놈들이 걸치고 있던 거잖아?"

박천수가 망토를 들어 보며 하는 말에 김호철이 그에 대한 설명을 해주었다.

"호오! 방검과 방마라……. 좋네."

"기본적인 능력에 마나를 주입하면 효과가 더 커진다고 하니 하나씩 나눠 가지면 좋을 것 같습니다."

김호철의 말에 마리아가 다가와 망토를 보다가 말했다.

"그런데 색이 너무 칙칙하네요."

"그거야 염색이라도 하면 되지 않겠어요."

"마법 아이템인데 염색을 해도 될까요?"

딸랑!

"염색해도 됩니다."

안으로 들어오는 카인의 모습에 망토를 만지작거리던 정민이 그를 향해 말했다.

"염색해도 돼요?"

"됩니다."

"뒤에 무늬를 좀 넣고 싶은데 그것은요?"

"도색으로 무늬 넣는 것은 됩니다."

"수실은 안 되는 건가요?"

"방검 능력이 있는 망토라서 바늘로 뚫는 것부터가 안 될 겁니다. 그리고 뚫리면 망토에 있는 마법진에 손상이 가니 효과도 사라지겠죠."

카인의 말에 정민이 망토를 보다가 말했다.

"우리들 입을 것은 마리아 누나 트레이드마크인 붉은색에 물방울무늬를 등에 그리면 될 것 같네요."

"붉은 망토…… 너무 눈에 띄는 것 아닐까?"

"일단 망토 자체가 지구에서는 눈에 띄는 물품이니까요."

정민의 말에 박천수가 고개를 끄덕였다.

"하긴 슈퍼맨도 아니고 누가 망토 걸치고 다니겠어. 그럼 색은 그렇게 하자고. 눈에 띄지 말아야 할 일이 있으면 벗고 다니면 되는 거고."

김호철이 망토를 다 꺼내 탁자에 올려놓고는 카인을 바라보았다.

카인의 얼굴은 살짝 굳어져 있었다. 탁자에 올려져 있는 망토의 수가 많은 것이다.

'대체 얼마나 죽인 것인가.'

망토 하나당 사신 한 명이 죽었을 것이니……. 아르카디안 사람으로서 마음이 좋지 않은 것이다.

그런 카인을 보던 김호철이 그 마음이 짐작이 되었는지 입맛을 다셨다. 물론 카인에게 미안한 마음은 없다. 그들이 먼저 공격을 했고 자신은 싸웠을 뿐이니 말이다.

하지만 카인의 마음도 이해가 되었다.

김호철이 망토를 말아서는 한쪽으로 치웠다. 그러고는 혜원을 향해 고개를 돌렸다.

"난 아르카디안에 다시 갔다 와야 해."

그런 이야기는 듣지 못했던 혜원이 놀라 그를 바라보았다.

"한 번만 갔다 오는 것 아니었어?"

"그러려고 했는데 볼일이 조금 더 남아 있어. 내일이나 오늘쯤에 돌아올 거니까. 걱정하지 말고 윤희하고 결혼식 준비하고 있어."

김호철의 말에 고윤희가 그를 바라보았다.

"나는?"

"너는 결혼식 준비하고 있어. 그래도 드레스는 입어야지. 그리고 강진 대협한테 무공 많이 배웠다면서 여기서 그거나 익히고 있어."

그 말에 잠시 생각을 하던 고윤희가 고개를 끄덕였다.

"알았어. 그럼 조심해서 갔다 와. 나 과부 만들지 말고."

"후! 첫날밤 치르기 전에는 죽어도 다시 올 테니 걱정하지 마."

그러고는 김호철이 카인을 향해 말했다.

"그리고…… 뭐 주실 것 없습니까?"

김호철의 말에 카인이 작게 고개를 젓고는 품에서 네모난 상자를 꺼내 고윤희에게 내밀었다.

"결혼 축하드립니다."

"어머! 고마워요."

말과 함께 바로 상자를 연 고윤희의 눈에 목걸이와 귀걸이 세트가 보였다.

"예쁘다."

고윤희가 목걸이와 귀걸이를 보며 미소를 지었다.

"아르카디안 귀부인들이 애용하는 수분 보충 목걸이와 회복의 귀걸이입니다."

"어떻게 쓰는 겁니까?"

김호철의 물음에 카인이 설명했다.

"목걸이는 차고 있으면 피부에 생기와 수분을 보충해 주는 역할을 합니다. 그리고 이 회복의 목걸이는…… 치명상을 입었을 때 이 보석을 떼서 먹으면 치료와 회복이 가능합니다."

김호철은 카인의 얼굴을 수건으로 칭칭 감싼 채 하늘을 날고 있었다.

파지직! 파지직!

빠르게 하늘을 날던 김호철이 자신이 안고 있는 카인을 향해 말했다.

"답답하셔도 조금만 참으십시오."

김호철의 말에 카인이 피식 웃으며 말했다.

"거점에 대해 알려져도 상관없다던 것 같은데…… 꼭 그런 것만은 아닌 것 같군요."

수건을 만지는 카인을 보며 김호철이 말했다.

"아르카디안의 거점은 알려져도 상관없지만 지구의 거점

은 좀 숨겨야 할 것 같아서요."

한국에 있는 거점이 알려지면 아르카디안 쪽에서 공작을 펼칠 수도 있는 것이다.

"집에서 잔치를 하는데 그걸 옆집에 숨기고 싶다고 숨겨지겠습니까?"

"잔치라……."

카인의 말에 김호철이 고개를 끄덕였다. 일리 있는 말이다.

강원도의 군부대로 지금도 물자들이 이동하고 있다. 아르카디안으로 보낼 컨테이너와 무기들이 말이다. 은밀하게 이동시키고 있다 하지만 조사를 한다면 어떻게든 알아낼 수 있는 정보일 것이다.

"그렇다고 대놓고 잔치를 할 수는 없죠. 잔칫집에는 거지가 끼게 마련이니…… 최소한 조용히 치러야 하지 않겠습니까?"

"거지라, 후! 하긴 그것도 그렇군요."

"지금부터 좀 더 빠르게 가겠습니다."

말과 함께 김호철의 몸이 더욱 빠르게 하늘을 날아가기 시작했다.

화아악!

빛과 함께 아르카디안에 도착한 김호철은 기분 좋게 몸을 감싸고 들어오는 마나에 미소를 지었다.

"역시 지구와는 비교할 수 없는 마나다."

김호철의 중얼거림에 옆에 있던 카인이 고개를 끄덕였다.

"고향의 공기만큼 좋은 것은 없죠."

김호철이 그를 힐끗 보고는 주위를 바라보았다.

그의 주위에는 이번에 같이 아르카디안으로 온 중국과 일본의 능력자들이 서 있었다.

그들은 신기하고 호기심 어린 눈으로 주위를 두리번거리고 있었다.

그런 능력자들의 모습에 마법진이 있는 곳으로 다가온 강진이 소리쳤다.

"가져온 물건들을 설치하지 않고 뭐하는 것이냐."

강진의 말에 중국 능력자들이 급히 부복을 했다.

"교주님을 뵙습니다."

"교주님을 뵙습니다."

이번에 온 중국 능력자 대부분은 마교의 고수로 이루어져 있었다.

"일들이나 해라."

강진의 명에 능력자들이 서둘러 함께 가져온 컨테이너들을 옮기기 시작했다. 그리고 그중 능력자들이 신경을 써서 설치하는 것이 몇 개 있었다.

마치 미사일 포대처럼 생긴 것을 빈터에 설치하고 있었다. 물론 설치라고 해도 지구에서 가져온 것을 가져다 놓는 것뿐이었지만……

이것들은 중국이 지원을 한 것으로 한 번에 24발의 포를 발사할 수 있는 포대였다.

포대가 설치되자 요시다가 은색 선을 뽑아 기계를 만지기 시작했다.

중국 능력자들이 포대를 설치하는 동안 일본 능력자들도 컨테이너 위에 뭔가를 설치하기 시작했다.

기관총이었는데, 특이하게도 방아쇠가 달려 있지 않았다.

이건 사람이 쏘는 것이 아닌 컴퓨터로 자동 발사되는 방어 체계였다.

어쨌든 거점에 방어 체계를 갖추는 것을 보던 김호철이 카인을 바라보았다.

"어떻습니까?"

거점의 방어 체계가 어떠냐는 물음이었지만 카인은 주위를 볼 뿐이었다.

"드래곤은?"

카인의 물음에 김호철이 주위를 보다가 한쪽으로 걸음을 옮겼다.

김호철을 따라간 카인의 눈에 넓게 펼쳐진 땅과 그곳에 주차되어 있는 스포츠카가 보였다.

그리고 그 옆으로 수십, 아니, 수백 개의 금속이 떠다니고 있었다.

수백 개의 금속은 서로 부딪히고 맞물리기를 반복하며 그 형태를 바꾸어 갔고, 그 금속들 안에 적발의 드래곤이 있었다.

'뭐 하는 거지?'

드래곤은 뭔가를 깊이 생각하며 동그란 공을 만지작거리고 있었다.

'전에 저걸로 좌표 계산을 했었지. 드래곤이 사용하는 컴퓨터 같은 건가?'

드래곤을 보던 김호철이 카인을 향해 고개를 돌렸다. 카인의 얼굴은 굳어져 있었다.

'드래곤이라는 것을 알았나 보군.'

그런 카인을 보며 김호철이 다른 곳으로 가자는 수신호를 하고는 걸음을 옮겼다.

잠시 드래곤을 보던 카인도 김호철을 따라 움직였다.

드래곤과 거리를 둔 김호철이 카인을 바라보았다.

"이제 믿으십니까?"

김호철의 말에 카인이 잠시 손을 들었다. 그러고는 골몰히 뭔가를 생각하기 시작했다.

그리고 잠시 후 카인이 입을 열었다.

"드래곤 건드려서는 안 되는 존재인데……."

"그 이야기야 전에 하셨던 것이고……. 이미 만났고 접했으니 생산적인 이야기를 해야 하지 않겠습니까? 이를 테면 아르카디안 사람들이 이곳을 공격했을 때 생길 일과 같은?"

김호철의 말에 카인의 얼굴이 굳어졌다.

드래곤이 없다면 모를까 있는 상황에서 이곳이 공격을 받는다면…….

'그 모든 화가 강철의 군대와 아르카디안으로 쏟아질 것이다.'

그와 같은 생각에 카인이 김호철을 향해 고개를 돌렸다.

"전…… 가 봐야겠습니다."

"강철의 군대로 가실 겁니까?"

"일단 그곳에 갔다가 왕국으로 가야겠지요. 그리고…… 지구와 아르카디안의 협력에 관한 논의를 할 것입니다."

"혼자 가실 수 있겠습니까? 마물의 산맥이 엄청 넓은데."

김호철의 물음에 카인이 주위를 한번 스윽 보고는 말했다.

"저희 강철의 군대를 만났다 했지요."

"여기서 싸웠습니다."

김호철의 말에 카인이 입을 열었다.

"그렇다면 이 근처에 강철의 군대로 통하는 순간이동 게이트가 있을 겁니다. 아니면 같이 가시겠습니까?"

같이 가자는 말에 김호철이 고개를 저었다.

"카인 후작께서 강하신데 뭘 저까지 같이 갈 이유가 있겠습니까?"

"혹시 위험하실까 걱정이 되시는 거라면……."

자신이 책임을 지겠다 말을 하려던 카인의 입을 김호철이 막았다.

"걱정이 됩니다. 아직은 적진인데 그 한복판에 들어갈 자신이 저에게는 없습니다. 그리고…… 저 아직 첫날밤도 못 보냈습니다. 첫날밤이라는 거사를 앞두고 다른 거사를 치를 생각은 없습니다."

김호철의 말에 카인이 잠시 그를 보다가 고개를 끄덕였다.

"알겠습니다. 그럼 일이 진행되는 대로 연락을 드리겠습니다."

"연락은 어떻게 하실 겁니까?"

김호철의 물음에 카인이 잠시 생각을 하다가 말했다.

"사람을 보내겠습니다. 백기를 들고 오면 제가 보낸 사신이라 생각을 해주십시오."

"알겠습니다."

김호철의 말에 카인이 드래곤이 있는 곳을 한번 보고는 한숨을 쉬었다.

'드래곤이라니…….'

작게 고개를 젓는 카인의 머릿속에는 수많은 생각이 교차하고 있었다.

그리고 나온 결론은 하나…….

'이렇게 된 이상…… 드래곤을 이용해 최대한 우리가 얻을 수 있는 것을 얻는다.'

드래곤과 접하는 것은 아르카디안에서는 금기, 아니, 전설로나 전해지는 이야기다.

하지만 어떻게든 접하게 되었고 그가 지구인들과 가까이 한다면 그것을 아는 자신과 트루실에 도움이 될 수 있게 이끌어야 했다.

'일단은 국왕 전하께 이 사실을 보고하는 것이 우선이다. 그리고 대책은 그 후.'

생각과 함께 카인이 하늘을 힐끗 보고는 그대로 땅을 박찼다.

파앗!

땅을 박차는 것과 동시에 빠르게 사라지는 카인을 보던 김호철이 고개를 끄덕였다.

'일단 나도 보고는 해야겠지.'

고개를 돌려 주위를 둘러보던 김호철이 지나가던 SG에게 말했다.

"저기, 도 국장님은?"

"라이언을 데리고 숲으로 가셨습니다."

"숲?"

"요즘 부쩍 라이언과 숲으로 자주 가십니다. 아침에 갔다가 해가 지기 전에 돌아오니 곧 돌아올 겁니다."

그러고는 할 일을 하러 가는 SG를 보던 김호철이 주위를 둘러보다가 강진을 향해 걸어갔다.

강진은 중국제 포대 설치를 지켜보고 있었다.

"이게 그렇게 성능이 좋다고 하던데……."

김호철의 말에 강진이 그를 힐끗 보고는 말했다.

"한국 주력 자주포의 사정거리와 화력을 한순간에 24발을 쏟아붓는 물건이다. 이 정도 크기에 이만한 화력을 가진 물건은 전 세계에 이것뿐이다."

자국의 포대에 자신감이 넘치는 강진을 보며 김호철이 말했다.

"아까 저와 온 자……."

"카인이라는 자겠지."

"아셨습니까?"

"본 적은 없지만 생김새에 관한 것은 이야기 들었으니까."

그러고는 강진이 김호철을 바라보았다.

"네가 생각이 있어 이곳으로 데려왔겠지만……. 대체 무슨 생각이더냐?"

강진의 말에 김호철이 자신의 생각을 이야기했다.

그 말을 가만히 듣고 있던 강진이 눈을 찡그렸다.

"그놈들의 손에 죽은 지구인이 몇일지 생각을 해보았느냐?"

강진의 말에 김호철이 그를 보다가 고개를 저었다.

"그렇다고 행성 간 전쟁을 할 것도 아니지 않습니까. 그리고 행성 간 전쟁을 한다면…… 그 싸움에 죽을 사람이 몇이나 되겠습니까?"

김호철의 물음에 강진은 답을 하지 않았다. 그런 강진을 보며 김호철이 말했다.

"전에 다큐멘터리에서 2차 대전을 다룬 것을 봤는데 그때 죽은 민간인의 수가 오천만이라고 하더군요. 거기에 죽은 군인들의 수가 대충 이천에서 삼천만 사이……. 합치면 팔천만이 죽었습니다. 그때하고 지금하고 인구수 차이가 있으니 최소 두 배로만 잡아도 일억에서 이억이 죽겠네요."

김호철의 말에 강진이 그를 보다가 얼굴을 쓸어내렸다.

"후우!"

잠시 한숨을 내뱉은 강진이 입을 열었다.

"그자들이 공격을 한다면?"

"그때는 저희도 어쩔 수 없죠. 싸우자면 싸울 수밖

에……."

"진짜 그리 생각하나?"

강진의 물음에 김호철이 피식 웃었다.

"말이 그렇다는 거죠."

"그럼?"

"드래곤이 여기에 있는 이상 이곳을 공격하지 않을 겁니다. 공격하는 순간 드래곤의 분노가 그들에게 가해질 것을 아니까요."

김호철의 말에 강진이 드래곤 쪽을 바라보았다.

"드래곤을 이용하는 것은 우리에게 독이 될 수도 있다."

강진의 말에 김호철이 고개를 끄덕였다.

"물론입니다. 그리고 드래곤을 이용할 생각도 없습니다."

"하지만 지금 상황은 우리가 드래곤을 이용하는 형세가 아니냐?"

강진의 물음에 김호철이 고개를 저었다.

"아닙니다."

"아니다?"

"드래곤은 자기 의지대로 이곳에 자리를 하고 있는 겁니다. 우리가 있으라고 한 적도 없고 도와 달라고 한 적은……."

김호철이 잠시 말을 멈췄다.

지구로 가는 게이트가 떠오른 것이다.

"도움을 받기는 했군요. 하지만 그 도움도 드래곤이 원하는 물건들을 이곳으로 가져오기 위한 게이트 설치 문제였습니다. 그러니 저희는 드래곤을 이용한 적도 도움을 받은 적도 없습니다. 정확하게 말을 한다면 게이트와 물품으로 거래를 한 것입니다."

김호철의 말에 강진이 한숨을 쉬었다.

"드래곤도 그렇게 생각을 해주면 좋겠지만……. 모르겠구나."

한숨을 쉬는 강진을 보던 김호철이 입을 열었다.

"최악의 상황이라고 해봤자…… 여기 있는 사람들이 죽는 것밖에는 없습니다."

"드래곤은 지구로 갈 수 없으니 말인가?"

"그렇습니다."

걱정 어린 강진의 얼굴을 보던 김호철이 물었다.

"주변 탐색은 어떻게 되었습니까? 지구인들의 흔적은?"

"드론을 통해 몇 곳의 위치를 파악했다."

"연락은 되었습니까?"

"되었다."

"그럼 데리러 가야겠군요."

김호철의 말에 강진이 고개를 끄덕이고는 품에서 종이를 꺼냈다.

"이건 드론으로 모은 사진 영상으로 만든 지도다. 우리가 있는 곳이 여기…… 그리고 여기가 라이언의 마을이다."

지도를 보며 김호철이 거리감을 가질 수 있도록 라이언의 마을을 지목한 강진이 말했다.

지도에 표시된 붉은 점을 가리켰다.

"여기와 여기, 이 두 곳엔 헬기를 보냈다."

"비행 몬스터 대안은 가지고 보낸 겁니까?"

"공중 공격이 가능한 능력자들을 위주로 태워 보냈고 전투 헬기도 한 대씩 따라 붙었으니 와이번이 떼로 나타나지 않는 이상 별일 없을 것이다."

"그럼 저는 어디로 갈까요?"

"이곳에 사람이 가장 많다. 사십 명가량 있으니 이곳으로 가거라."

강진의 말에 고개를 끄덕인 김호철이 비어 있는 컨테이너를 찾아 그 위로 올라갔다.

"와이번."

김호철의 부름과 함께 그 몸에서 뿜어진 마나가 와이번으로 변했다.

와이번의 위로 뛰어올라 간 김호철이 컨테이너를 들고는 날아오르기 시작했다.

6장
결혼을 하다

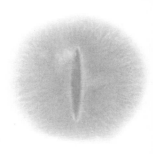

쿵!

조금은 묵직한 소리를 내며 땅에 내려진 컨테이너에서 사람들이 하나둘씩 나오기 시작했다.

그것을 보며 김호철이 와이번을 흡수하고는 땅에 내려섰다.

"크으윽!"

우두둑! 우두둑!

목을 비틀어 근육을 푼 김호철이 컨테이너를 바라보았다.

컨테이너에서는 김호철이 데리고 온 지구인들이 감격에 겨운 눈으로 주위를 둘러보고 있었다.

그런 지구인들에게 군의관들이 서둘러 다가갔다.

"이쪽으로 오십시오. 기초 건강검진을 한 후 휴식을 취하겠습니다."

"그보다 지구로 언제 갈 수 있는 겁니까?"

"준비가 되면 바로 가실 수 있습니다. 그러니 지금은 안내에 따라주시기 바랍니다."

군의관들이 사람들을 인솔해 커다란 막사 쪽으로 안내하는 것을 보던 김호철이 주위를 둘러보았다.

"어! 도 국장님!"

그동안 보지 못했던 도원군이 라이언과 함께 있는 것을 본 김호철이 손을 흔들었다.

김호철이 다가오자 도원군이 고개를 끄덕였다.

"사람들을 데리고 오느라 수고했다."

"아주 많이 수고했죠. 벌써 네 번이나 갔다 왔습니다."

김호철의 말에 도원군이 미소를 지으며 고개를 끄덕였다.

"그래, 정말 수고했다."

도원군의 말에 김호철이 그를 보다가 라이언을 바라보았다.

라이언은 여전히 딱딱한 얼굴을 하고 있었다.

그 모습에 김호철이 도원군에게 살짝 말했다.

"아직 증손자분하고는 조금 그런가 보군요."

"아직은……."

도원군이 라이언을 보다가 김호철을 향해 고개를 돌렸다.

"그런데 노약자를 데리고 갈 방법이 없다던대, 진짜더냐?"

도원군의 말에 라이언도 김호철을 향해 고개를 돌렸다.

그런 두 사람의 시선에 김호철이 고개를 끄덕였다.

"카인의 말에 의하면 노약자의 경우, 지구로 갔을 때 마나의 농도 차로 인해 죽을 수도 있다고 합니다."

"그 이야기는 들었소. 방법이 없소?"

라이언의 물음에 김호철이 그를 보다가 말했다.

"지구로 사람들이 못 가게 되면 좋아할 것 같던데?"

"1세대 중 이곳에서 가족을 이룬 사람들이 있소."

라이언의 말에 김호철이 잠시 생각을 하다가 고개를 끄덕였다.

"1세대는 지구의 가족을 만나고 싶지만 이곳에 가족들을 두고 가는 것을 힘들어 하는 거군. 그렇다고 왔다 갔다 자주 할 수 있는 것도 아니고."

"그렇다. 방법이 없나?"

라이언의 말에 김호철이 컨테이너 사이를 뛰어다니며 놀고 있는 아이들과 햇볕을 쬐고 있는 노인들을 바라보았다.

잠시 그들을 보던 김호철이 무슨 생각이 들었는지 강진 쪽을 바라보았다.

"방법이 없지는 않을 것 같습니다."

"뭔가?"

"최소한 여기 계신 분들 중 병에 걸린 사람은 없습니다. 노인과 어린애들만 있을 뿐입니다."

"그래서?"

"체력이 되지 않아 지구의 마나를 버티지 못한다면 체력을 만들어주면 되지 않겠습니까?"

김호철의 말에 라이언이 눈을 찡그렸다.

"체력이라는 것이 하루 이틀에 만들어지는 것이 아닌데……."

"물론 하루 이틀로 아주 미친 듯이 강해지지는 않습니다. 하지만 저희가 필요한 체력은 아르카디안에서 지구로 갔을 때 죽지 않을 정도입니다."

김호철이 손가락을 들어 강진을 가리켰다.

"그리고 무림 최강 고수 집단 마교의 교주님도 있잖습니까. 사람 체력 키우는 데 무공만 한 것도 없고, 무공하면 마교 교주잖습니까."

김호철의 말에 도원군이 강진을 보다가 고개를 끄덕였다.

"일리가 있군. 내공심법과 권각법을 같이 수련한다면…… 일 년이면 체력은 좋아지겠군."

"그 정도 체력으로 넘어가도 이상이 없을지……."

라이언의 말에 김호철이 말했다.

"그거야 시도를 해봐야 알 일이고……. 그리고 체력이 좋아져서 나쁠 것은 없습니다. 지구에서 살든 여기서 살든 체력이 있어야 잘 먹고 잘 살 테니까요."

김호철의 말에 도원군이 고개를 끄덕이고는 라이언과 함께 강진에게 걸어갔다.

그런 둘을 보던 김호철이 잠시 눈을 감았다.

'피곤하네.'

멍하니 잠시 그렇게 있던 김호철이 힐끗 고개를 돌렸다.

그의 시선에 드래곤이 보였다.

드래곤은 스포츠카 두 대를 앞에 두고 지긋이 보고 있었다.

한 대는 지구에서 가져온 것이고, 다른 하나는 드래곤이 직접 만든 것이었다.

그런데 뭔가 마음에 들지 않는 듯 드래곤은 예의 동그란 공을 만지작거리며 뭔가를 계산하고 있었다.

김호철이 잠시 고민을 하다가 그에게 다가갔다.

"저기……."

자신에게 말을 거는 김호철의 모습에 드래곤이 그를 힐끗 보고는 말했다.

"할 이야기 있어?"

드래곤의 말에 김호철이 그를 보다가 말했다.

"아실지 모르지만 며칠 전에 아르카디안의 고위 귀족이 왔다 갔습니다."

"그래서?"

"그 귀족이 드래곤께서 있으신 것을 확인하였습니다."

"그래서?"

귀찮다는 듯 같은 말만을 하는 드래곤을 보며 김호철이 말했다.

"일단 말씀을 드려야 할 듯해서……."

김호철의 말에 드래곤이 작게 입맛을 다시고는 동그란 공을 감싼 손을 모았다.

화아악!

그러자 사람 머리만 한 공이 드래곤의 손 사이로 줄어들며 사라졌다.

가볍게 손을 털어낸 드래곤이 자신이 만든 스포츠카의 동체를 손으로 쓰다듬었다.

"드래곤의 입장에서 인간은 동급의 존재가 아니다. 너희들이 무엇을 하든 그것은 너희들의 일일 뿐이다. 너희들의 일이 나와 관련되기 전에는……."

진중한 드래곤의 목소리에 김호철이 그를 바라보았다.

'우리들의 일에 드래곤이 걸리지만 않는다면 뭘 하든 상관없다는 건가?'

그렇다면 김호철로서는 더 나이스다.

김호철은 드래곤을 이용할 생각이 없고, 오직 드래곤의 존재 그 자체만을 이용할 생각이다.

드래곤이 있다는 것만으로 이곳은 아르카디안인들로부터 안전해질 수 있으니 말이다.

잠시 드래곤을 보던 김호철이 문득 물었다.

"그런데 말씀하는 어투가 조금 다른 것 같습니다."

"무엇이 말이냐?"

"기계를 만질 때는 조금 편하게 말씀하시는 것 같은데 위대한 존재에 관한 이야기를 나눌 때는 조금 진중한 말투이신 것 같습니다."

김호철의 물음에 드래곤이 스포츠카를 만지다가 피식 웃었다.

"이 지구 문물을 만질 때는 일종의 유희와 같다."

"유희?"

"드래곤은 참으로 오래 산다. 만 년을 사는 존재들도 있지."

만 년이라는 말에 김호철이 침을 삼켰다.

'만 년을 산다니⋯⋯.'

지구의 문명이 발전하기 시작한 것이 대충 이백 년이다.

그전에는 창, 칼을 들고 싸웠고, 과학이라는 것도 지금 여기 아르카디안과 다를 바가 없었다.

만 년이라는 시간이 대체 얼마나 될까 생각을 하던 김호철에게 드래곤이 입을 열었다.

"대부분의 시간을 잠으로 때우기는 하지만 가끔은 인간 세상에 나가 유희를 즐길 때가 있다. 인간으로서 그들과 같은 삶을 살면서 즐기는 것을 유희라 한다. 유희를 즐기는 동안에는 드래곤으로서의 힘이나 지식을 사용하지 않고 그 직업에 맞는 힘만을 사용하고 인생을 즐기지."

잠시 말을 멈춘 드래곤이 차를 만지며 말했다.

"지금 나는 유희를 즐기는 것이라 생각하면 돼. 일종의 지구 문물 오타쿠? 라고 하면 될까?"

평소 기계 만질 때와 같은 말투로 변한 드래곤을 보며 김호철이 물었다.

"저희 지구에 판타지 소설을 보면 드래곤에 관한 이야기가 많습니다."

"지구에는 드래곤이 없을 텐데?"

드래곤의 말에 김호철의 얼굴에 호기심이 어렸다.

'드래곤이 지구에 없다는 것을 어떻게 아는 거지?'

"제가 궁금한 것은 드래곤의 말씀대로 지구에는 드래곤이 존재하지 않습니다. 그런데도 드래곤에 관한 소설이나 현실의 드래곤은 거의 비슷합니다. 인간이 범접할 수 없는 위대한 존재라는 점만 해도요. 그렇다면 지구에 드래곤이 존재하

였던 것입니까?"

김호철의 물음에 드래곤이 피식 웃었다.

"지구와 아르카디안은……."

말을 하던 드래곤이 작게 고개를 저었다.

"쓸데없는 것은 묻지 말거라."

"알겠습니다."

드래곤이 말을 하지 않으려 하자 김호철은 더는 그에 대해서 묻지 않았다.

다만…….

'지구와 아르카디안은…… 뒤에 나올 말이 뭐였을까?'

하는 조금의 의문을 품을 뿐…….

"그런데 너 차에 대해서 좀 알아?"

차에 대해 묻는 드래곤을 보며 김호철이 고개를 저었다.

"탈 줄만 압니다."

"쯥!"

작게 혀를 찬 드래곤이 자신이 만든 차를 보다가 말했다.

"소리가 이상해."

"소리?"

드래곤이 차문을 열고 안으로 들어서곤 말했다.

"웅웅! 하는 소리가 안 나잖아."

"시동을 켜셨습니까?"

"응."

"출발해 보십시오."

김호철의 말에 스포츠카가 앞으로 내달리기 시작했다.

스르륵! 스르륵!

엔진 소리 하나 없이 빠르게 내달리는 자동차에서 들리는 소리는 오직 바퀴가 땅을 가르는 소리뿐이었다.

빠르게 한 바퀴를 돌고 돌아온 드래곤이 창문을 열어서는 김호철을 바라보았다.

"왜 소리가 안 나지?"

"소리가 안 나면 좋은 것 아닙니까?"

"싫어. 난 웅웅 하는 굉음이 좋아."

드래곤의 말에 김호철이 스포츠카를 보다가 한쪽을 가리 켰다.

"여기 왜 기름 넣는 곳이 없습니까?"

"기름?"

"연료요."

"아! 그 불필요한 장치를 말하는 거군."

"그럼 이건 뭐로 달리는 겁니까?"

"기름은 떨어지면 다시 채워줘야 해서 불필요해. 그래서 내 마나로 달릴 수 있도록 개조를 했지."

"간단하군요. 개조했기 때문에 소리가 나지 않는 겁니다."

"왜?"

"저도 차는 잘 모르지만 엔진이 움직이려면 기름을 연소해서 그 힘으로 달리는 것으로 압니다. 그럼 웅웅 하는 소리는 기름 연소하면서 생기는 소리 아니겠습니까?"

김호철의 말에 드래곤이 혀를 찼다.

"효율성 떨어지네."

그러고는 드래곤이 동그란 공을 꺼내서는 그것을 만지작 거리기 시작했다.

그러자 그가 타고 있던 스포츠카가 그대로 분해되었다. 조각들이 드래곤 주위를 맴돌기 시작했다.

작업에 열중하는 드래곤을 보던 김호철이 작게 고개를 숙이고는 몸을 돌렸다.

'어쨌든 중요한 건 드래곤은 우리 일에 그다지 관심이 없다는 거군. 그리고 지구 문물을 가져다주는 이상 이곳을 떠나지 않는다는 것……. 이 두 개다. 충분히 우리 쪽에는 유리해.'

속으로 중얼거리며 컨테이너 쪽으로 가던 김호철에게 요시다가 다가왔다.

"새로운 포인트가 나왔습니다."

포인트라는 말에 김호철이 한숨을 쉬었다.

"이거 저만 일하는 것 같습니다."

김호철의 말에 요시다가 웃었다.

"김호철 씨만큼 많은 인원을 안전하게 데리고 올 수 있는 사람이 없으니까요."

"능력이 있다는 것이 이렇게 귀찮은 일인지 몰랐습니다."

"후! 새로운 지도입니다."

지도를 받아 펼친 김호철이 입맛을 다셨다.

"거리가 많이 늘었군요."

"지구에서 드론이 몇 대 더 와서 수색 범위가 더 늘었습니다. 그리고 확인된 곳은 여기입니다."

요시다가 지도의 한 끝부분을 가리키자 김호철이 손바닥으로 대충 거리를 재보고는 한숨을 쉬었다.

"가는 데만 하루는 꼬박 걸리겠군요."

"이 거리 안에는 더 이상 구할 사람이 없다는 의미로 생각하시면 조금 속이 편하실 겁니다."

요시다의 말에 지도를 품에 넣은 김호철이 그를 바라보았다.

"사신들의 움직임은 어떻습니까?"

"드론으로 확인된 범위 내 사신들이 빠르게 사라지고 있습니다."

요시다의 말에 김호철이 턱을 쓰다듬었다.

'사신들이 물러나고 있다. 카인의 설득이 통한 건가?'

잠시 생각을 하던 김호철이 고개를 저었다.

뭐가 되었든 지금은 사람 운반하러 가는 것이 먼저다.

파지직!

김호철이 뇌전의 날개를 펼치고는 솟구쳤다.

그리고 어느새 그런 김호철의 뒤를 와이번이 컨테이너를 들고 따라 날아오르기 시작했다.

아르카디안의 거점은 더욱 커졌다. 총 인원이 삼천 명에 육박할 정도로 말이다.

그중 이천 명 정도는 지구인이 아니었다. 라이언의 마을처럼 지구인들끼리 모여 살다가 태어난 2세와 3세가 이천 명에 달했다.

거기에 주위에 마물의 산맥 곳곳에 거점을 만들었다.

거점이라고 해도 사람이 거주하는 것이 아닌 컨테이너로 된 보급 시설이었다.

이제 통신 영역이 거점을 중심으로 3,000㎞에 달한다.

남한이 남북의 길이가 1,100㎞라고 하니 대략 세 배 정도의 거리를 커버할 수 있었다.

거기에 곳곳에 설치한 통신 기지국을 통해 통신은 더욱 강해지고 선명해졌다.

쿵! 쿵!

김호철은 사람들과 함께 커다란 나무들을 들어 옮기고 있었다.

"호철 씨! 그거 좀 여기다 박아주세요."

한 사람의 외침에 김호철이 그가 가리키는 곳에 나무를 들어서는 그대로 박아 넣었다.

쾅!

묵직한 굉음과 함께 박힌 나무를 보며 김호철이 말했다.

"얼마나 박습니까?"

"그 정도면 됐습니다. 자! 나무들 연결해!"

사내의 외침에 육체 강화 능력자들이 커다란 나무들을 들어서 연결하기 시작했다. 그러자 순식간에 통나무집이 완성이 되었다.

지구에서 보내오는 컨테이너도 한계가 있다.

이곳 아르카디안에서는 8일이라는 시간이 지났지만 지구에서는 하루도 채 되지 않는 것이다.

그 시간 동안에 삼천 명의 사람이 거주할 수 있는 컨테이너를 보내는 것은 불가능했다.

그래서 군용 천막으로 대체를 했지만, 그것보다는 차라리 집을 짓자는 의견에 통나무집을 짓고 있는 것이다. 주위에 널린 것은 나무고, 그 나무를 들고 옮길 수 있는 능력자는 많으니 말이다.

그렇게 사람들을 도와 통나무집을 짓는 것을 돕던 김호철에게 자신을 부르는 소리가 들렸다.

"김호철 씨!"

김호철이 들고 있던 나무를 내려놓고는 자신을 부른 사람에게 다가갔다.

"새로운 곳이 나왔습니까?"

"그것은 아니고 도 국장님이 부르십니다."

사람이 앞장서서 걸어가자 김호철이 그 뒤를 따랐다.

'이번에는 또 무슨 일을 시키려고…….'

입맛을 다신 김호철이 사람을 따라 한 천막 안으로 들어갔다.

커다란 군용 천막 안에는 컴퓨터들과 커다란 모니터, 그리고 지도가 벽에 걸려 있었다.

그리고 스크린 앞에 도원군과 강진, 요시다가 있었다.

"이리 오거라."

도원군의 부름에 김호철이 스크린에 다가갔다.

스크린에는 만리장성과 같은 커다란 성벽이 보이고 있었다.

"흠…… 강철의 군대입니까?"

김호철의 물음에 요시다가 손을 들었다.

스르륵! 스르륵!

요시다의 손에서 뿜어진 은색 선이 스크린에 닿았다.

그러자 스크린에 떠 있는 화면들이 빠르게 변하기 시작했다.

"드론으로 확인된 길이만 400㎞에 달합니다."

요시다의 말에 김호철이 입맛을 다셨다.

"이놈의 땅덩어리는 넓이가 어마어마하군요. 뭐가 됐다 하면 100㎞가 기본 단위군요."

김호철의 말에 고개를 끄덕인 요시다가 말했다.

"400이라는 것도 저희 드론이 파악을 한 길이일 뿐 정확한 길이는 확인 못 했습니다."

"이 성벽 보여주려고 저를 부른 겁니까?"

김호철의 물음에 도원군이 고개를 젓고는 스크린에 손을 가져가 밀었다.

스윽!

그러자 스크린 화면이 새로운 모습을 떠올랐다.

"성이군요."

"강철의 군대라는 놈들이 있는 곳이겠지."

"그럼 이 성을 보여주려고 저 부르신 겁니까?"

"아니, 너에게 보여주려는 건…… 이 너머다."

도원군이 화면을 다시 밀자 화면에 마을이 보였다.

"여기부터가 아르카디안의 마을이라 보면 된다."

"흠…… 설마 저보고 여기 다녀오라는 겁니까?"

김호철의 말에 도원군이 그를 바라보았다.

"아르카디안 내부의 정보가 필요해. 어떤 나라가 있는지, 어떤 정책들이 있는지."

"말만 들어도 무척 위험한 일인 것 같은데……."

"강 국장과 같이 가는 일이다. 위험하지는 않을 것이다."

도원군의 말에 김호철이 그를 보다가 말했다.

"제가 여기 온 이유는 사람들을 구하기 위해서지, 아르카디안 정보나 정치를 위해서가 아닙니다."

"그것은 알지. 하지만……."

"하지만으로 시작하면 끝도 없죠. 저는 이만 돌아가겠습니다."

말과 함께 김호철이 몸을 돌리자 도원군이 급히 말했다.

"이야기나 좀 더 듣고……."

"들으면 제가 또 막일을 해야 할 것 같은 불길한 예감이 들어서 이야기 안 들으렵니다."

손을 흔들며 천막을 나가려던 김호철이 고개를 천막 안으로 집어넣었다.

"대신…… 사람들 구할 일 있으면 연락 주십시오. 싸움이나 염탐 같은 것은 안 해도 마물의 산맥에서 사람 구하는 일은 하겠습니다."

그리고 사라지는 김호철의 머리에 강진이 고개를 끄덕였다.

"아쉽지만 호철이 패는 인명 구조로만 사용해야겠군."

"자네 말대로 아쉽기는 하지만 호철이가 그동안 해준 일을 생각하면 더 바라는 것도 욕심이군."

이미 두 사람은 김호철이 오기 전부터 그가 거절할 것이라고 예상했었다.

하지만 제안은 했어야 했다.

김호철이 가지 않는다면 도원군이 가야 했다.

김호철의 와이번을 통해 이동을 할 수 없다면 도원군의 순간이동을 통해 가야 하니 말이다.

"호철 군이 조금만 애국심이 있다면 좋을 것을……."

강진의 말에 도원군이 피식 웃었다.

"사람이 다 우리 같을 수는 없지."

그러고는 도원군이 한쪽에 있는 상자에서 옷가지들을 꺼냈다.

그것은 죽은 사신들에게서 벗겨 온 옷과 망토들이었다.

"일단 옷부터 갈아입고 출발하세나."

강진과 도원군이 옷을 갈아입기 시작했다. 최대한 현지인처럼 보이기 위해서 말이다.

화아악!

빛과 함께 지구에 도착한 김호철이 몸을 비틀었다.

"끄으응!"

몸을 비튼 김호철이 숨을 골랐다.

아르카디안에서 생각보다 조금 더 오래 있었다.

그래서 그런지 그전보다도 마나 농도 차이로 인한 몸의 위화감이 더 컸다.

잠시 그렇게 몸을 비튼 김호철은 자신에게 다가온 군인에게 말했다.

"행복 사무소 김호철입니다."

"알고 있습니다. 그런데 귀환한다는 이야기는 못 들었는데요?"

"급하게 오게 됐습니다. 그럼 가도 됩니까?"

김호철이 뇌전의 날개를 펼치는 것에 군인이 무전으로 어딘가와 통신을 하고는 고개를 끄덕였다.

"가셔도 됩니다."

군인의 말에 김호철이 그대로 땅을 박차며 날아올랐다.

김호철은 깔끔한 정장을 입고 부평 공원에 서 있었다.

그리고 그 주위에는 행복 사무소와 가족 사무소 사람들이 모여 있었다.

"결혼식장에서 하면 얼마나 좋아요. 아니면 출장 결혼식도 좋던데."

투덜거리는 혜원을 보며 김호철이 웃었다.

"여기도 예쁘게 잘해놨네."

정자 주위에는 혜원이 근처 꽃집에서 쓸어온 꽃들이 하나 가득이었다.

먹지도 못하고 한 번 쓰고 버릴 꽃에 수백만 원을 쓰는 것이 아깝다고 했지만 혜원은 그래도 결혼식에 꽃이 없어서 되겠냐며 준비를 한 것이다.

그리고 한쪽에는 커다란 무쇠솥에 육개장이 바글바글 끓고 있었다.

부평 공원 인근에 사는 사람들에게 식사 대접을 하기 위해 음식을 장만하고 있는 것이다.

분주하게 음식을 만들고 있는 아주머니들을 보며 김호철이 입맛을 다셨다.

'간단하게 할 생각이었는데. 이래서야 결혼식장에서 하는 것과 다를 바가 없잖아.'

공짜 식사를 준다는 말에 바글바글하게 모인 동네 사람들을 보며 고개를 저은 김호철이 혜원을 바라보았다.

"윤희는 왜 안 와?"

"곧 올 거야."

"그나저나…… 결혼식은 시작도 안 했는데 저쪽은 살판났군, 살판났어."

김호철의 말에 혜원이 그가 보는 곳을 바라보았다.

김호철이 보는 곳에서는 오현철과 박천수가 동네 어르신들과 술판을 벌이고 있었다.

"하하하! 이거 그동안 저희 사무소 때문에 시끄러우셨지요. 자! 이거 한잔 받으십시오."

"크악! 좋다. 이거 행복 사무소 덕에 오랜만에 포식을 하는군."

"마음껏 드십시오. 오늘을 위해 포천에서 생막걸리를 차로 한 대 받아 왔습니다. 하하하!"

웃으며 동네 어른들과 막거리를 주거니 받거니 하는 박천수와 오현철을 보며 김호철이 한숨을 쉬었다.

"무슨 막걸리를 살수차로 받아 와?"

김호철의 말대로 박천수는 살수차 물통에 막걸리를 하나 가득 가져온 것이다.

오늘 아침에 막 주조를 마친 막걸리라 그런지 맛이 기막히기는 했지만 말이다.

그렇게 잔치 분위기가 무르익어 갈 때 고윤희가 모습을 드러냈다.

고윤희는 하얀 원피스를 입고 있었다.

드레스를 입어야 한다는 혜원의 협박과 같은 요구가 있었지만 고윤희는 고개를 저어버렸다. 한 번 입고 안 입을 것이니 살 필요가 없다는 말과 함께 말이다.

그 대신 드레스는 아니지만 하얀색의 원피스를 입은 것이다.

하얀 원피스에 곱게 빗어 내린 머릿결까지 고윤희의 모습은 청순 그 자체였다.

'예쁘다.'

고윤희의 아름다운 모습에 김호철이 미소를 지을 때 혜원이 슬쩍 그 옆구리를 찔렀다.

"입 다물어. 그러다 침 떨어지겠어."

혜원의 말에 김호철이 침을 삼키고는 고윤희에게 다가갔다.

그리고 손을 내밀자 고윤희가 웃으며 그 손을 잡았다.

"내 가족이 되어줘서 고마워."

"나 행복하게 해줘야 해."

"후! 오늘을 위해 내가 먹은 육개장이 몇 그릇인 것 같아?"

"행복하고 육개장하고 무슨 상관이야."

고윤희의 말에 어느새 그들에게 다가온 박천수가 웃었다.

"당연히 상관이 있지. 최소한 아르카디안 특제 정력제가 들어간 육개장을 먹었으니 속궁합은 행복할 거야. 하하하!"

박천수의 음탕한 농담에 마리아가 그의 발을 밟았다.

"크윽!"

"신부한테 무슨 그런 소리를 해요."

"왜? 부부 간에 속궁합이 얼마나⋯⋯."

우두둑!

마리아가 가볍게 발을 비틀자 박천수가 급히 손을 저었다.

"크으윽! 알았어. 그만할게."

박천수의 말에 마리아가 웃으며 고윤희를 바라보았다.

"언니, 너무 예뻐요."

"예쁘라고 한 화장인데 예뻐야지."

고윤희가 머릿결을 손으로 슬쩍 흔들었다. 그 모습에 오현철이 미소를 지었다.

"윤희가 시집을 다 가고⋯⋯. 우리가 너무 오래 살았나 봅니다."

"후! 그럴 수도⋯⋯."

두 사람의 말에 고윤희가 눈을 찡그리며 그들을 쏘아 보았다.

"쓸데없는 소리 할 거예요?"

고윤희가 둘을 보며 눈을 부라릴 때 박천만이 손을 내밀었다.

그의 손에는 장검 한 자루가 들려 있었다.

"결혼 선물. 사인검(四寅劍)이다."

"우와!"

박천만의 말에 고윤희가 검을 뽑아 들었다.

챙!

검신에 새겨져 있는 북두칠성과 문장들을 보던 고윤희가 미소를 지었다.

"요즘 가짜 사인검이 진짜라고 많이 돌아다닌다고 하던데……. 이건 진짜네."

검신에서 느껴지는 묘한 기운은 이것이 진짜 사인검이라고 말을 하고 있었다.

"전주 이씨 종가댁에서 구한 것이다."

"호오!"

사인검의 검신을 손가락으로 쓸어내린 고윤희가 미소를 지었다.

"검 관리 잘했네. 고마워."

웃으며 검을 검집에 집어넣은 고윤희가 김호철을 향해 말했다.

"자! 이제 결혼식 하자."

고윤희의 말에 피식 웃은 김호철이 그녀의 손을 잡고 정자가 있는 곳으로 걸어갔다.

정자 앞에 선 김호철이 잠시 있다가 고윤희를 바라보았다.

"그런데 결혼식 어떻게 하는 거지?"

생각을 해보니 주례도 없고 사회자도 없다. 결혼식을 하자고만 했을 뿐 다른 준비를 하지 않은 것이다.

김호철의 말에 혜원이 한숨을 쉬었다.

"그래서 결혼식장에서 하자니까."

혜원의 말에 고윤희가 웃었다.

"신랑, 신부만 있으면 됐지. 뭘 그렇게 따져."

그러고는 고윤희가 김호철을 바라보았다.

"신랑 김호철은 신부 고윤희를 평생 행복하고 손에 물 한 방울 안 묻히고 언제나 맛있는 것만 먹여주고, 익히고 싶은 무공은 강진 대협에게 부탁해서 익히게 해줄 것을 하늘과 땅, 하느님과 부처님께 맹세를 하겠습니까?"

고윤희의 조금은 황당한 결혼 선서 강요에 김호철이 그녀를 보다가 말했다.

"네."

"그럼 이것으로 신랑 김호철과 신부 고윤희의 결혼을……."

"잠깐 너는 선서 안 해?"

김호철의 말에 고윤희가 그를 바라보았다.

"그래, 말해."

고윤희의 말에 김호철이 그녀를 보며 입을 열었다.

"고윤희는 앞으로 나 김호철이 죽기 전까지 무병장수할 것이며 애를 힘닿는 데까지 낳아줄 것을 맹세하겠습니까?"

"힘닿는 데까지?"

"최소 다섯은 낳아줘야 돼."

김호철의 말에 피식 웃은 고윤희가 고개를 끄덕였다.

"네."

아침 일찍 눈을 뜬 김호철이 힐끗 옆을 바라보았다.

그의 옆에는 고윤희가 잠을 자고 있었다.

"새애…… 새애……."

작게 코를 고는 고윤희를 보던 김호철이 슬며시 몸을 빼내다가 미소를 지었다. 자신의 몸에 부드럽게 스치는 고윤희의 몸이 느껴진 것이다.

그에 김호철이 자기도 모르게 침을 삼켰다.

'꿀꺽! 결혼이란…… 좋은 거구나.'

미소를 지으며 슬쩍 이불을 들어 안을 본 김호철의 얼굴에 흥분이 어렸다.

'한 번…… 할까?'

그렇지 않아도 아침이라 그런지 아니면 그동안 먹은 아르카디안 특정력제 육개장의 효능인지 힘이 넘쳤다.

"꿀꺽!"

스윽!

슬며시 손을 이불 안으로 집어넣던 김호철의 귀에 작은 목소리가 들렸다.

"피곤해."

김호철의 눈에 살짝 눈을 뜨고 있는 고윤희가 보였다.

"깼어?"

"피곤하니까 건들지 마. 나 더 잘 거야."

"알았어. 넌 그냥 더 자. 내가 알아서 할게."

말을 하면서도 자신의 몸에 손을 대는 김호철의 행동에 고윤희가 한숨을 쉬었다.

"알아서 하기는 뭘 알아서 해."

말과 함께 고윤희의 발이 김호철의 배를 그대로 밀어버렸다.

쿵!

"어이쿠!"

그대로 침대 밑으로 떨어진 김호철이 몸을 일으키자 고윤희가 몸을 돌렸다.

"가서 밥이나 먹든가."

"사람이 밥만 먹고 사나."

"쓰읍!"

고윤희가 작게 혀를 차는 소리에 한숨을 쉰 김호철이 몸을 일으켰다.

그리고 욕실에서 가볍게 샤워를 하고는 1층으로 내려왔다.

"어이! 새신랑! 좋은 저녁 됐어?"

밑으로 내려온 김호철은 자신을 향해 손을 드는 오현철을 볼 수 있었다.

그에 김호철이 웃으며 고개를 끄덕이려 할 때 박천수가 웃었다.

"간밤에 그렇게 고양이가 울어대고 돼지 멱따는 소리가 들렸는데 좋은 저녁이 안 됐을 일이 없지."

박천수의 말에 김호철이 웃으며 자리에 앉았다.

"놀리지 마십시오."

"놀리기는, 부러워서 그러지. 하지만……."

잠시 말을 멈춘 박천수가 힐끗 한쪽을 바라보았다.

"여기 미성년자들도 있다는 생각도 좀 해야지. 이거 너무 22세 관청 소리가 밤새도록 들리니……."

박천수의 말에 김호철이 그가 보는 곳을 바라보았다. 그리고 그의 얼굴이 살짝 붉어졌다.

그의 시선이 향한 곳에는 마리아와 정민이 피곤함에 지친 얼굴로 밥을 깨작거리고 있었다.

그러다 마리아가 김호철과 눈이 마주쳤다.

흠칫!

깜짝 놀란 얼굴로 마리아가 급히 고개를 숙이는 것에 김호철이 입맛을 다시며 살며시 말했다.

"어제 소리가 그렇게 컸습니까?"

"총각 처녀가 그런 맛을 알았으니 자제가 안 되었겠지. 하지만…… 소리가 너무 크기는 했지. 아마 이 건물 안에 있는 사람들, 간밤에 아무도 못 잤을걸."

박천수의 말에 김호철이 슬며시 주위를 둘러보았다.

'혜원이도 들었을까?'

다른 사람들한테야 그냥 부끄럽다 생각을 하면 되지만, 동생인 혜원이가 간밤의 소리를 들었다면…….

쥐구멍으로 이사라도 가야 할 판이었다.

그런데 혜원이가 보이지 않았다.

"혜원이는?"

"우리야 호철이 좋겠다, 부럽다 정도로 사운드 감상했지만…… 혜원이가 친족의 그 남사스러운 소리를 들고 있을 수 있겠어? 간밤에 그 호위 애들 데리고 나갔다."

"하아! 듣기는 했다는 거군요."

"후! 들었으니 나갔겠지."

웃으며 김호철을 보던 박천수가 슬며시 말했다.

"그래서 어땠어? 간밤 이야기 좀 해봐."

"뭘 그런 걸 물으십니까?"

"그런 거니까 물어보는 거지. 어땠어? 윤희 막……."

"막 뭐요? 막 검으로 쑤셔줄까요?"

말을 하던 박천수는 자신의 뒤에서 들리는 고윤희의 목소리에 슬며시 고개를 돌렸다.

그러고는 자신을 쏘아보는 고윤희를 보고는 웃었다.

"이야, 우리 새댁 얼굴 편 것 보소."

"쓸데없는 소리 하지 마세요."

그러고는 김호철의 옆에 앉은 고윤희가 말했다.

"배고파."

"그럼 밥 먹어."

김호철의 말에 고윤희가 살며시 그의 어깨에 머리를 기댔다.

"배고프다고."

"그러니까 밥 먹으라……."

김호철의 말에 고윤희가 한숨을 쉬고는 머리를 떼어냈다.

"밥…… 가져…… 오라고."

"내가?"

"오늘 따로 잘래?"

고윤희의 말에 김호철이 벌떡 일어났다.

"밥 가져올게."

김호철이 서둘러 밥과 반찬들이 있는 곳으로 가서 식판에 음식들을 담기 시작했다.

그런 김호철의 모습에 박천수가 고윤희를 바라보았다.

"여우같은 년……. 앞으로 호철이 앞날이 눈에 보인다."

"곰 보다는 여우라던데……. 부러우면 지는 거예요."

"노예처럼 살 바에야 귀족 같은 독신으로 살겠다."

"그러시든가요."

고윤희가 웃을 때 김호철이 식판에 음식을 가득 담아 왔다.

"많이 먹어."

고윤희에게 수저와 젓가락까지 쥐어주는 김호철의 모습에 박천수가 혀를 찼다.

"노예가 된 것도 모르고…… 좋단다."

"노예면 어떻습니까? 가족이 생긴 건데."

"그놈의 가족……. 그래, 앞으로 대가족 이뤄라."

"그럴 생각입니다."

웃으며 박천수를 보던 김호철이 고윤희가 밥 먹는 것을 보다가 말했다.

"이따가 방에 짐들 중에 꼭 필요한 것들만 챙겨놔."

"짐은 왜?"

"아무래도 우리 방 방음이 잘 안 되는 것 같아서 건축 소장님한테 방음 설치 좀 부탁하려고."

"여기서 오래 살 것도 아닌데 그럴 필요 있어?"

고윤희의 말에 박천수가 고개를 끄덕였다.

"그래, 굳이 할 필요 없지. 앞으로 며칠이나 산다고. 돈 낭비야. 하지 마."

박천수의 말에 김호철이 그를 바라보았다.

"그 며칠 동안 사운드 들려드릴 생각은 없습니다."

"힘! 누가 그런 소리 듣고 싶다고……."

"그럼 다행이고요."

자신이 먹을 밥도 퍼 온 김호철이 고윤희와 나란히 앉아 식사를 시작했다.

7장
초아 부활

신혼을 즐기며 가족 만들기에 여념이 없던 김호철은 행복 사무소 사람들과 완공이 된 행복 사무소 건물을 바라보고 있었다.

깔끔하게 정리된 행복 사무소 건물을 보던 사람들이 안으로 들어갔다.

안에는 이미 가구가 모두 들어와 있었다.

"호철 오빠와 윤희 언니는 201호예요. 202호와 합쳐서 방 크기는 둘이 지내기에 부족하지 않을 거예요."

마리아의 배려에 김호철과 고윤희가 자신들의 방이 있는 2층으로 올라갔다.

〈201〉

방음 처리해서…… 조용할 거예요.

방 호수 밑에는 마리아가 적은 메모가 붙어 있었다.

그것을 본 고윤희가 피식 웃고는 김호철을 바라보았다.

"네 돼지 멱따는 신음성이 어지간히 듣기 싫었나 보다."

"고양이 앓는 소리한 건 누군데."

"호오! 그래서…… 고양이 앓는 소리가 싫어?"

미소를 지으며 살며시 팔에 가슴을 붙여오는 고윤희의 모습에 김호철이 침을 삼켰다.

신혼 초……. 밥 먹다가도 발동이 걸린다는 신혼이니…….

"세상에서 제일 좋아."

말과 함께 김호철이 고윤희를 번쩍 안아서는 방문을 활짝 열고 안으로 들어갔다.

그러고는 한쪽에 있는 커다란 침대에 고윤희를 던졌다.

털썩!

"문…… 문 닫아야지."

고윤희의 말에 김호철이 서둘러 문을 닫고는 옷을 벗기 시작했다.

"아아앙!"

"크으윽! 크으윽!"

3층에 있는 자신의 방을 보고 있던 마리아는 밑에서 들려오는 신음 소리에 얼굴이 붉어졌다.

'이 사람들이 아침부터…… 그나저나 방음 처리 분명히 해 달라고 했는데…….'

방음 처리는 분명히 했을 것이다.

다만…… 밑에서 나오는 소리가 워낙 크니 그 방음을 뚫고 나오는 것이다.

밑에서 올라오는 소리에 귀를 막고 있던 마리아가 한숨을 쉬고는 가지고 온 가방을 열었다.

가방 안에는 네모난 황금 상자가 들어 있었다. 황금 상자 겉면에는 마법진과 묘한 문양들이 빼곡하게 그려져 있었다.

그 상자를 가만히 만지던 마리아가 방 한쪽에 있는 옷장을 열었다.

옷장 안에는 황금 상자가 딱 들어갈 만한 공간이 벽에 나 있었다. 그리고 그 벽에는 마법진이 새겨져 있었다.

그 공간에 마리아가 황금 상자를 집어넣었다.

화아악! 화아악!

그러자 마법진에서 희미한 마나의 빛이 흘러나오기 시작했다.

"그동안 갑갑했지?"

작게 중얼거린 마리아가 황금 상자에 자신의 마나를 주입했다.

화아악!

그러자 황금 상자를 통해 벽에 새겨진 마법진으로 마리아의 붉은 마나가 흘러가기 시작했다.

그리고…….

화아악!

붉은빛과 함께 마리아의 옆에 초아가 모습을 드러냈다.

—초아, 재가동 시작합니다.

—초아, 행복 사무소 건물 인지를 시작합니다.

—초아, 행복 사무소 건물 인지를 마무리합니다.

마치 컴퓨터 부팅을 하는 것처럼 빠르게 자신의 상태를 말하던 초아가 눈을 감았다.

그리고 잠시 후 천천히 초아가 눈을 떴다.

"초아야, 어때? 괜찮아?"

마리아의 물음에 초아가 작게 고개를 끄덕였다.

—초아, 가동률 98%입니다.

"그런 의미가 아닌데……. 어쨌든 잘됐다."

웃으며 자신을 쓰다듬는 마리아를 보던 초아가 문득 밑을 내려다보았다.

—고윤희 직원과 김호철 직원이 싸우고 있습니다.

"뭐?"

-김호철 직원이 고윤희 직원을 내리깔고 누르며 흔들고 있습니다. 고윤희 직원 고통스러워합니다. 제지할까요?

　초아의 말에 얼굴이 붉어진 마리아가 헛기침을 하고는 말했다.

　"앞으로 두 사람이 하는 일에는 신경 쓰지 마. 그리고 두 사람이 사는 방은 쳐다도 보지 말고."

　-알겠습니다.

　"그리고…… 두 사람 방에서 소리가 밖으로 나오지 않게 해줄 수 있어?"

　-가능합니다.

　"그럼 그렇게 해줘."

　마리아의 말에 초아가 손을 들었다. 그러자 방금 전까지 들리던 신음 소리가 들려오지 않았다.

　그제야 마리아가 미소를 지었다.

　'이제야 진짜 우리 집 같네.'

　잠시 발밑을 보던 마리아가 한숨을 쉬고는 초아를 데리고 1층으로 내려왔다.

　청와대의 만찬장에는 일곱 명의 외국인이 문대수 대통령

과 원탁에 둘러앉아 식사를 하고 있었다.

일곱 명의 외국인은 미국, 영국, 프랑스, 중국, 일본, 러시아, 독일의 대사관 영사였다.

가볍게 식사를 나누고 차를 마시던 문대수가 잔을 내려놓았다.

달칵!

"이렇게 여러분을 모신 것은 한 가지 중요한 상의를 할 것이 있어서입니다."

문대수의 말에 영사들이 고개를 끄덕였다.

따지고 보면 여기 모여 있는 영사는 모두 세계에서 강대국이라 칭해지는 국가들의 대표였다.

그런 자신들이 모였다는 것만으로도 중요한 일임이 짐작되는 것이다.

"얼마 전 저희 한국 능력자들이 아르카디안에서 사람들을 구조해 온 것은 아실 것입니다."

문대수의 말에 러시아 영사가 고개를 끄덕였다.

"그 일에 관해서는 다시 한번 감사를 드립니다."

러시아 영사의 말에 다른 영사들도 고개를 숙였다. 그런 영사들을 보며 문대수가 입을 열었다.

"여러분도 그 자료를 통해 게이트 너머 아르카디안이라는 세상이 있음을 알 것입니다."

문대수의 말에 영사들이 그를 바라보았다. 그런 그들의 시선을 받으며 문대수가 입을 열었다.

"한국, 중국, 일본 이 세 나라의 고위 능력자들이 게이트를 통해 아르카디안으로 갔습니다. 목적은 아르카디안으로 간 지구인들의 구조."

문대수의 말에 영사들이 고개를 끄덕였다.

"본국도 조만간 대규모 구조대를 게이트를 통해 아르카디안으로 보낼 계획입니다."

미국 영사의 말에 프랑스와 영국 영사도 고개를 끄덕였다.

그들 나라 역시 그럴 계획을 세우고 있는 것이다.

다만 시일이 걸리는 이유는 말 그대로 대규모 구조대를 계획하고 있기 때문이었다.

타국에서도 아르카디안으로 구조대를 파견할 계획을 세우고 있음은 문대수도 알고 있었다. 그리고 그 계획이 곧 실현될 것도 말이다.

그래서 이 자리를 마련한 것이다.

"아르카디안으로 간 3국 능력자들은 그곳에 거점을 만들었습니다."

"잘되었군요. 그 거점을 주축으로 아르카디안으로 넘어간 구조대가 집결하면……."

영국 대사의 말에 미국 대사가 고개를 저었다.

"아르카디안에서 온 정보를 생각한다면 그 거점으로 이동이 극히 어려울 겁니다. 블러드 나이트의 와이번을 타고 하루 종일 날아도 끝을 알 수 없지 않다고 하잖습니까. 게다가 게이트가 열리는 장소는 랜덤…… . 3국이 만든 거점과 가까울지 멀지 알 수 없습니다."

"흠…… 그렇군요."

영사들이 대화를 나누는 것을 보며 문대수가 입을 열었다.

"한국과 아르카디안을 직통으로 연결하는 거점입니다."

"직통? 그게 무슨 말씀이신지?"

"말 그대로입니다. 한국은 아르카디안의 거점과 직통으로 연결하는 통로를 가지고 있습니다."

"그게…… 진짜입니까?"

놀라 바라보는 영사들을 보며 문대수가 손을 들었다.

그러자 뒤에 있던 비서관들이 서류철을 영사들의 앞에 내려놓았다.

"보시면 아시겠지만 현재 아르카디안의 거점에는 구조한 지구인이 칠백, 그리고 그 지구인들이 현지에서 가정을 이뤄 태어난 2세와 3세의 수가 이천오백입니다. 거기에 3국에서 파견한 군과 능력자들까지 합치면 사천 명에 달합니다."

문대수의 말에 영사들은 말없이 빠르게 서류에 적힌 내용들을 읽기 시작했다. 물론 이미 그에 대한 세부 내용을 알고 있는 일본과 중국의 영사들은 그저 팔짱을 끼고 있었지만 말이다.

빠르게 내용을 읽어가던 러시아 영사가 굳은 얼굴로 입을 열었다.

"보고서에 따르면 그 통로…… 만들어진 지 보름이 넘었습니다. 그런 중요한 사실을 왜 우리들에게 미리 알려주지 않은 것입니까?

"그렇습니다. 지구와 아르카디안을 연결하는 통로입니다. 게다가 트루실 왕국이라는 아르카디안의 나라와 동맹 협상을 진행 중이라니!"

문대수가 손을 들었다.

그러자 흥분한 얼굴로 소리를 치던 프랑스 영사가 말을 멈췄다.

그런 프랑스 영사를 보며 문대수가 입을 열었다.

"보고서를 보시면 아시겠지만…… 맞습니다. 저희는 트루실 왕국과 동맹 협상을 진행 중입니다."

'물론…… 블러드 나이트 혼자서 한 결정이기는 했지만. 제길!'

왜 자신의 허락도 받지 않고 멋대로 이런 결정을 하고 진행을 한 것에 속으로 욕설을 한 문대수가 독일 영사를 바라보았다.

"하지만…… 아르카디안의 나라와 협상을 진행 중인 것은 우리 한국만이 아닙니다."

문대수의 말과 시선에 다른 영사들이 모두 독일 영사를 바라보았다.

그리고 그 시선에 독일 영사가 당황스러운 얼굴로 급히 고개를 저었다.

"무슨 말씀인지 모르겠습니다. 저희 독일은 아르카디안이라는 존재에 대해서도 구조자들의 정보로 알았습니다."

독일 영사의 말에 문대수가 그를 보다가 고개를 끄덕였다.

"독일 영사께서는 모르시는 모양이군요."

"무엇을 말입니까?"

"이번에 아르카디안의 거점으로 C4를 보내는 과정에서 부끄럽지만 본국의 군부대에 보관 중인 폭약 일부가 유출이 된 것을 확인했습니다. 그리고…… 그 폭약이 독일로 들어갔더군요."

문대수의 말에 독일 영사가 급히 고개를 저었다.

"본국에서 C4를 한국에서 밀수할 이유가 없습니다. 본국에도 넘쳐 나는 것이 C4입니다."

"그렇겠지요. 그런데…… 진실은 그것이 사실이라는 겁니다. 본국의 C4 일본, 중국의 C4, 그리고 동남아시아의 나라들에서 상당한 양의 C4가 독일로 들어갔습니다."

"더 이상 들어줄 수가 없는 말이군요. 무슨 이유로 본국에서 그런……."

"그리고 그 C4가 아르카디안으로 흘러 들어갔습니다. 대략 10톤 정도의 규모라고 하더군요."

"10톤?"

사람들이 놀란 눈으로 독일 영사를 바라보았다.

"독일 영사, 이게 대체 무슨 소리입니까!"

"그렇소! 대체 독일은 무슨 생각으로 그 많은 폭약을 아르카디안에! 아니, 언제부터였소!"

다른 영사들의 추궁에 독일 영사가 급히 고개를 저었다.

"모…… 모함이오! 독일은 절대 그런 일에 개입되지 않았소."

독일 영사의 외침에도 다른 영사들의 추궁은 멈추지 않았다.

그에 문대수가 중국 영사를 바라보았다.

그 시선에 중국 영사가 작게 한숨을 쉬고는 입을 열었다.

"사실 본국에도 아르카디안의 세력이 잠입을 해 있었습니다."

중국 영사의 말에 다른 영사들이 그를 바라보았다.

"중국이 아르카디안과 손을 잡았다는 말입니까?"

미국 영사의 말에 중국 영사가 고개를 저었다.

"정확하게는 중국의 한 기업이 아르카디안의 세력과 손을 잡고 그 문명을 받아들인 겁니다."

중국의 마나 발전소를 운영하는 민간 대기업 청룡 발전이 아르카디안의 한 나라와 협상을 통해 진보된 마법진과 설비를 받아들이고, 그들에게 마나석과 의약품을 공급했다는 게 중국 영사의 설명이었다.

"하지만 다행히 청룡 발전은 마나석과 의약품만을 넘기고 총과 폭약과 같은 무기류는 넘기지 않았습니다."

자신들은 독일과 다르다는 말에 문대수가 한숨을 쉬었다.

'지금 그런 말이 중요한 것이 아닌데……'

속으로 중얼거린 문대수가 독일 영사를 향해 말했다.

"중국처럼 독일 당국도 이에 관해서 모르고 있을 확률이 있습니다. 하지만 알고 있다면…… 더 이상 아르카디안으로 무기류의 이동을 금지해 주십시오. 그리고 지구와 아르카디안의 협력에 대한 협조도 부탁드리겠습니다."

"본국에 확인을 하겠습니다."

독일 영사가 자리에 앉자 문대수가 영사들을 바라보았다.

"중국과 독일, 거기에 한국까지 아르카디안의 세력이 잠입해 있었습니다. 그 말은……."

스윽!

문대수가 다른 영사들을 보며 입을 열었다.

"여러분의 나라에도 아르카디안의 세력이 있을 수 있다는 것입니다."

"끄응!"

문대수의 말에 영사들이 침음성을 삼켰다.

아니다라고 정확하게 말할 수가 없었다.

잠시 말이 없던 영국 영사가 입을 열었다.

"본국의 마법 길드들을 조사해 보겠습니다."

아르카디안의 마법 문명이 지구보다 뛰어나다는 것은 이미 보고서에 적힌 사항. 그렇다면 그 마법에 혹한 자들이 있을 것이다.

특히 지구의 마법사들이라면…….

영국 영사의 말에 독일 영사가 고개를 끄덕였다.

"그 많은 양의 C4가 본국으로 들어왔다면 흔적이 있을 겁니다. 거기서부터 조사를 해나가겠습니다."

다른 영사들도 자국을 조사하겠다는 말을 하자 문대수가 미국 영사를 바라보았다.

"미국은 다른 생각이라도 있으십니까?"

문대수의 물음에 미국 영사가 턱을 괸 채 그를 보다가 입을 열었다.

"조사는 할 것입니다. 하지만 그 전에…… 제 눈으로 한국의 거점을 보고 싶습니다. 그리고 될 수 있다면 아르카디안의 거점 역시."

미국 영사의 말에 문대수가 고개를 끄덕였다.

"물론 보여드릴 것입니다. 그것을 위한 자리이니."

스윽!

자리에서 일어난 문대수가 말했다.

"십 분 후에 헬기를 타고 거점이 있는 곳으로 이동할 것입니다. 그 전에 자국 대통령과 총리에게 지금 상황을 보고해 주시기 바랍니다."

문대수가 자리에서 일어나 연회장을 나서자 각국의 영사들이 구석진 곳으로 이동해 자국으로 전화를 걸기 시작했다.

파지직! 파지직!

"가라!"

김호철의 외침과 함께 그의 등에서 쏟아진 뇌전이 사방을 휩쓸어 가기 시작했다.

파지직! 파지직!

김호철의 뇌전에 몬스터들이 감전되며 그대로 쓰러졌다.

그 뒤 뇌전들이 새로운 먹잇감을 찾아 사방으로 퍼져 나가기 시작했다.

"후우우!"

길게 뿜어진 박천수의 담배 연기에 트롤이 목을 잡고는 고통스러워했다. 트롤의 입을 통해 들어간 담배 연기가 숨을 쉬지 못하도록 기도를 막아버린 것이다.

아무리 재생력이 뛰어난 트롤이라고 해도 숨을 들이마시지 못하자 버틸 재간이 없었다.

"크으윽! 크윽!"

고통스러워하는 트롤을 보며 박천수가 담뱃재를 털었다.

툭툭!

그러고는 박천수가 옆에 있는 정민을 바라보았다.

"윤희 날아다니네."

"그러게요. 정말 날아다니네요."

두 사람의 말대로 고윤희는 날아다니고 있었다.

휙휙휙!

몬스터의 대가리를 밟고 솟구칠 때마다 그녀의 검이 번뜩였고, 그럴 때마다 몬스터의 대가리도 솟구쳤다.

그것도 B급 몬스터들을 상대로 종횡무진으로 날뛰고 있는 고윤희를 보던 박천수가 입맛을 다셨다.

"나도 강진한테 한 수 배우고 싶네."

"배운다고 다 저렇게 되겠어요? 다 자질이 따라야……."

"내가 자질이 없다고?"

"그럼 있다고 보세요?"

웃으며 정민이 스나이퍼용 저격총을 장전하고는 몬스터들을 향해 겨눴다.

"FPS 모드."

화아악!

그와 함께 정민의 시야가 FPS 게임을 하는 것처럼 변했다.

시야 한쪽에 자신이 가진 무기들이 떴고, 한쪽에는 자신의 총에 장전된 총알 수가 떠올랐다.

"줌."

화아악!

정민의 시야에 십자 표시가 떠오르며 몬스터들의 머리를 겨냥했다.

탕!

〈헤드샷!〉

〈헤드샷!〉

정민이 총을 쏠 때마다 시야에 헤드샷이라는 문구가 선명하게 떠올랐다.

파지직! 파지직!

게이트 몬스터들을 향해 뇌전을 쏟아낸 김호철이 주위를 둘러보았다.

이미 주위에는 서 있는 몬스터들은 없었다.

몬스터들의 사체를 김호철의 몬스터들이 뜯어내고 찢어내며 마나석을 뽑아내고 있었다.

그 모습을 본 김호철이 데스 나이트와 합체를 풀어냈다.

화아악!

검은 연기가 되어 자신의 옆에 서는 칼과 함께 김호철이 행복 사무소와 가족 사무소 사람들이 모여 있는 곳으로 다가갔다.

"오랜만에 게이트 사냥이네요."

기분 좋게 다가오는 김호철의 모습에 박천수가 웃었다.

"하긴 그동안 사건이 많아서 게이트 사냥에 가지 못했지."

"그 덕에 통장 잔고가 바닥이에요."

정민이 작게 투덜거리는 것에 박천수가 웃었다.

"네가 그 귀신의 집인가 뭔가 만든다는 통에 바닥인 거지."

"어쨌든 바닥은 바닥이죠."

오랜만의 게이트 사냥으로 돈을 벌었다는 생각에 기분 좋게 박천수가 주위를 둘러보았다.

"그런데 아르카디안에 한국 SG가 너무 많이 간 것 아닌가? 게이트 방어를 할 수 있는 SG가 이렇게 적어서야."

박천수의 말에 김호철도 주위를 둘러보았다.

지금 주변에는 SG가 몇 없었다. 있다고 해도 전투 능력이 아닌 통신과 결계에 관한 능력을 가진 SG들이었다.

"전투 능력자들이 아르카디안에 있는 것만으로도 능력 향상에 도움이 되니 이번 기회에 한국 SG들 레벨 업을 시키겠다는 거겠죠."

잠시 말을 멈춘 김호철이 웃으며 말했다.

"그래도 그 덕에 이렇게 저희들끼리 사냥할 수 있고 좋잖아요."

국내 주요 지역을 지키는 SG를 제외한 전투 요원은 모두 아르카디안으로 들어갔다.

그 말은 게이트가 열릴 경우 몬스터를 상대할 능력자가 부족하다는 것을 의미했다.

그래서 SG는 그 부족한 전력을 보충하기 위해 김호철의 사무소에 의뢰를 했다.

게이트가 열리는 지역을 독점으로 맡아 퇴치해 줄 것을 말이다.

예전 같다면 SG의 지원 없는 게이트 공격은 미친 짓이라 할 박천수와 직원들이었지만, 그 의뢰를 행복 사무소는 맡았다.

게이트에서 나오는 몬스터들이 괴물이라면 김호철은 그 괴물을 잡아먹는 보스급 괴물이니 말이다.

사무소 직원들과 오랜만에 게이트 사냥을 하고 돌아온 김호철은 기분 좋은 얼굴로 고윤희와 손을 잡고 수정 카페로 들어섰다.

딸랑!

기분 좋은 종소리에 김호철이 미소를 지었다.

"돈 벌어 왔습니다."

김호철의 말에 마리아가 웃으며 그를 바라보았다.

"오랜만에 돈 벌어 오셨네요."

"그러게요."

행복 사무소와 가족 사무소 사람들이 카페 안으로 들어서자 박천수가 더블 백에 담겨진 마나석들을 바 위에 올려놓았다.

"많네요."

"우리끼리 다 해먹었으니까. 현장에서 한국전력공사 사람이 바로 매입하겠다고 했는데 이따 사무소로 오라고 했어. 마리아도 오랜만에 마나석 구경 좀 해야지."

"잘하셨어요."

말과 함께 더블 백을 풀어 안에 있는 마나석들을 꺼낸 마리아가 그것을 나누기 시작했다.

그리고 나눈 마나석을 두 개로 나눠서는 그중 하나를 다시 더블 백에 담았다.

"혜원 씨 쪽 몫이에요."

마리아의 말에 혜원이 놀란 듯 더블 백을 보다가 말했다.

"저희가 한 건 그리 없는데 이리 많이 주시면……."

혜원의 말에 마리아가 웃으며 고개를 저었다.

"같이 가서 일을 했으면 같이 나눠야죠. 그리고 수는 그쪽이 더 많이 갔잖아요."

마리아의 말에 김호철도 고개를 끄덕였다.

"그냥 받아. 그리고 가족 사무소가 한 일이 왜 없어. 도망치는 몬스터들 결계로 묶었잖아. 그 덕에 도시 외곽으로 빠져나간 몬스터도 없었고 피해도 줄었어."

김호철의 말에 혜원이 잠시 있다가 더블 백을 받았다.

"그럼 받을게요."

혜원의 말에 웃은 고윤희가 행복 사무소 직원들을 보며 말했다.

"자! 오늘 수고하셨어요. 여기 이 마리아의 특제 커피 한 잔씩 하세요."

바 위로 좌르륵 올려지는 커피 잔에 김호철이 피식 웃으며 잔을 들었다.

'일 끝나면 생각날 거라고 하더니…… 그렇기는 하네.'

자신이 이곳에 처음 왔을 때 마리아의 커피가 쓰다고 하자 박천수는 일 끝나면 그래도 생각이 날 것이라 했다.

그리고 그 말대로 일이 끝나니 마리아의 커피가 마시고 싶다는 생각이 들었다.

향긋한 커피 향을 맡으며 김호철이 한 모금 마셨다.

'쓰다.'

하지만 여전히 쓴 커피 맛에 작게 고개를 흔든 김호철이 의자에 앉았다.

"그런데 호철이 아르카디안에서 돌아온 지 벌써 열흘이네. 그럼 아르카디안에서는 백 일인가?"

"그렇죠."

"흠…… 괜찮으려나?"

박천수의 중얼거림에 김호철이 그를 바라보았다.

"뭐가요?"

"여기서야 평화롭지만 거기 아르카디안 거점은 백 일이 지난 거잖아. 별일 없나 조금 걱정이 되네."

"설마 나라 걱정하시는 겁니까?"

김호철의 말에 박천수가 피식 웃으며 고개를 저었다.

"나라 걱정은 무슨……. 다만 SG 중에 내가 알던 놈들이 있어서 그렇지."

SG에 몸담았던 박천수이니 아직 그쪽 인맥이 남아 있는 것이다.

박천수의 말에 김호철이 그를 보다가 말했다.

"지금쯤이면 아르카디안 거점은 철옹성처럼 방비되었을 텐데 무슨 일이 있겠어요. 그리고 일이 있었으면 도 국장님이 저한테 연락했겠죠."

"그런가?"

"그럼요. 도 국장님이 저 일 시키는 것 얼마나 좋아하는데요."

김호철의 말에 마리아가 고개를 끄덕였다.

"호철 오빠 말이 맞아요. 일이 생겼다면 호철 오빠한테 연락이……."

딸랑!

말을 하던 마리아가 종소리에 고개를 돌렸다.

그리고 마리아가 입맛을 다셨다.

"일이 있기는 한 모양이네요."

문을 열고 안으로 들어온 사람은 백진이었다.

"협회장님, 아르카디안에 무슨 일이 있는 건가요?"

마리아의 물음에 백진이 고개를 끄덕이고는 김호철을 바라보았다.

"도 국장이 자네 좀 데려와 달라고 하더군."

"흠……. 제가 가야 할 일이라면 인명 구조입니까?"

김호철의 물음에 백진이 고개를 저었다.

"마물의 산맥 지구인 구조 작업은 종료되었네."

"설마 구조 작업이 완료된 겁니까?"

"모두라고 단언하기는 어렵지만 수색으로 발견된 인원은 모두 다 구했다고 하더군. 여기서야 며칠이지만 아르카디안에 거점을 만든 지 벌써 백오십 일 가까이 되지 않았나."

"하긴……. 그럼 마물의 산맥은 모두 파악이 된 겁니까?"

"그렇다는군."

"마물의 산맥이 엄청 넓던데……."

"드론 삼십 대가 하늘을 날며 지도를 만드니 파악이 어렵지는 않았겠지. 그런데 엄청나게 넓기는 하더구나. 거의 중국의 두 배 크기야."

"중국의 두 배? 어마어마하군요."

"그렇지."

고개를 끄덕이는 백진을 보던 김호철이 물었다.

"그럼 저를 왜 부르는 것입니까?"

"아르카디안에서 전쟁이 벌어졌다."

"전쟁?"

뜬금없는 전쟁이라는 말에 김호철이 의아한 듯 백진을 바라보았다.

그 시선을 받으며 백진이 고개를 끄덕이고는 말했다.

"독일을 통해 아르카디안으로 무기를 밀수한 나라가 밝혀졌다."

"트루실 왕국도 지구의 무기에 대해 관심이 많았으니 그들도 밀수했을 텐데 그걸로 전쟁이 터졌다는 겁니까?"

"그에 대한 것은 보고서가 올라오지 않았지만 타루라는 국가에서는 그 무기를 실제로 타국에 사용을 했다고 하더구나."

"타국?"

"그래, 실제로 한 나라는 망했다고 하는구나. 그리고 트루실 왕족 한 명도 C4로 추정되는 폭발로 사망했다."

카인의 나라 왕족도 당했다는 말에 김호철이 잠시 있다가 말했다.

"왜 남의 나라 왕족을?"

"자세한 것은 나도 모른다. 하지만 중요한 것은 전쟁이 났다는 것이고 네가 필요하다는 것이다."

"결론은 저보고 사람 죽이러 가라는 이야기군요."

"전쟁이 길어지면 더 많은 사람이 죽는다."

"어쨌건 싫습니다. 남의 나라, 아니, 지구에 있는 나라도 아닌 남의 행성에서의 싸움에 제가 왜……."

"밀리고 있다."

백진의 말에 김호철의 얼굴에 의아함이 어렸다.

"그게 무슨 말씀입니까?"

"말 그대로다. 이 전장, 밀리고 있다."

전장에서 밀리고 있다는 말에 이때까지 이야기를 듣고 있던 정민이 입을 열었다.

"그 전장에서 아군은 어떻게 되나요?"

"트루실 왕국과 두 개 나라가 동맹이다."

"적은요?"

정민의 물음에 잠시 말이 없던 백진이 입을 열었다.

"여섯 나라다."

"3개국과 6개국……. 일단 국력 차이는 있겠지만 겉으로 보이는 것만으로도 수적 차이가 크네요."

정민의 말에 백진이 고개를 끄덕였다.

"맞다."

"그런데 왜 이렇게 된 거죠?"

"나도 자세히는 모른다. 중요한 것은 전장이 밀리고 있고, 도 국장이 너를 필요로 한다는 것이다."

백진이 김호철을 보며 하는 말에 정민이 잠시 생각을 하다가 입을 열었다.

"혹시…… 호철 형이 필요한 이유가 암살입니까?"

정민의 말에 백진이 놀란 눈으로 그를 바라보았다.

"암살?"

"회장님도 모르셨나 보군요."

정민의 말에 김호철이 놀란 듯 그에게 물었다.

"그게 무슨 소리야? 암살이라니?"

김호철의 물음에 정민이 잠시 생각을 하다가 말했다.

"호철이 형이 강하기는 하죠. 하지만 강진 대협이나 도원군 국장님도 강해요. 거기에 장대수 장로도 있죠. 그런데 굳이 호철 형을 부르는 것은 그분들이⋯⋯."

잠시 생각을 하던 정민이 고개를 갸웃거렸다.

"이상하네? 그게 암살이 아닌가?"

"뭐가?"

"호철 형이 하늘을 날 수 있으니 저는 상공에서 적진을 잠입해 수장들을 암살하라고 할 줄 알았거든요. 그런데 생각을 해보니⋯⋯ 암살에 가장 특화된 능력을 가진 분이 따로 있어요. 바로 도 국장님이요."

정민의 말에 김호철이 고개를 끄덕였다.

도원국과 직접 싸워본 적이 있는 김호철이라 그 능력을 잘 아는 것이다.

"하긴 순간이동으로 적진 안으로 파고들어 가면 적 수장목 하나 가져오는 것은 일도 아닐 텐데."

"암살이 아니라면 왜 호철 형을 부르는 거지?"

정민의 중얼거림에 박천수가 말했다.

"호철이가 세니까 선봉장을 맡기려는 것이 아닐까?"

"선봉장?"

"그래, 싸움할 때 가장 앞에서 싸우는 사람 말이야."

박천수의 말에 정민이 고개를 저었다.

"아르카디안은 어떨지 몰라도 우리 쪽에는 총과 포가 있어요. 선봉은 필요하지 않아요. 근접전은 몰라도 원거리에서 싸우는 거라면 지구 화력이 월등할 테니까요."

"하긴 그것도 그렇네. 뒤에서 총 쏘고 있는데 튀어 나가면 뒤통수에 총 맞기 딱이지."

"그래요. 그러니 선봉장 때문도 아닐 거예요. 호철이 형이 강하다고 해도 이건 수많은 사람이 싸우는 전쟁……. 호철이 형이 역할을 할 수는 있어도 그 역할이 전쟁의 승패를 가늠하기는 힘들 거예요. 차라리 폭격기를 가져다가 폭격을 하는 것이 낫죠."

말을 하던 정민이 백진을 바라보았다.

"그러고 보니 폭격기 한 대 가져가지 그러세요?"

정민의 말에 김호철도 동감이라는 듯 고개를 끄덕였다.

자신이 강하기는 해도 타격을 주는 것을 생각한다면 폭격기가 훨씬 나을 것이다.

"우리나라에는 없어도 중국에는 폭격기 많을 텐데."

중국에 지원 요청을 한다면 폭격기를 보내줄 수도 있을 것이다.

물론 쉽지는 않겠지만 말이다.

김호철과 정민이 어떠냐는 듯 바라보자 백진이 고개를 저었다.

"폭격기는 사용할 수 없다. 아니, 비행체를 사용할 수가 없다."

백진의 말에 정민이 눈을 찡그렸다.

"비행체를 사용할 수 없다……. 흠! 뭔가 비행기가 다닐 수 없는 결계 같은 것이 펼쳐져 있는 모양이네요."

정민의 말에 백진이 고개를 끄덕였다.

"전투 헬기 두 대가 그대로 추락을 해버렸다."

"공격을 받고 떨어졌다면 그대로라는 말을 하지는 않았을 테고……. 말 그대로 그냥 떨어졌다는 것이군요."

"트루실 왕국 마법사들의 말에 의하면 상공에 전기장으로 된 결계가 펼쳐져 있다. 그래서 비행체 동력이 순간 다운돼 추락하는 것이다."

"아르카디안 마법사들과 협동이 된다면 그 결계를 막거나 뚫을 수 있는 결계를 비행체에 달면 되지 않습니까?"

정민의 말에 혜원이 고개를 저었다.

"움직이는 물체에 결계를 만드는 것은 어려워요."

"왜요?"

"결계는 주위 지역물과 자연 에너지를 기반으로 만들어져요. 즉, 움직이는 물체는 자연 에너지와 지형이 계속 바뀌기 때문에 결계를 만들 수가 없어요."

"자연 에너지를 마나석으로 대체하면 되지 않나요?"

"되기는 하겠죠. 하지만 비행기를 덮을 정도의 결계를 만들려면 마나 소모가 극심할 거예요. 그리고 결계와 결계의 충격은 비행기 동체에 영향을 줄 거예요."

"충격을 준다면 비행기가 추락할 수 있으니 안 된다는 말이네요."

"그래요."

혜원의 답에 잠시 있던 정민이 백진을 바라보았다.

"호철 형이 필요한 이유 대충 알겠네요."

정민의 말에 김호철이 그를 바라보았다.

"내가 필요한 이유가 뭔데?"

"도 국장님은 호철 형을 폭격기로 이용할 생각인가 보네요."

"폭…… 격기?"

김호철이 의아한 듯 정민을 바라보았다.

자신이 하늘을 날 수는 있지만 폭격기로 어떻게?

라는 생각을 하며 말이다.

그런 김호철을 보며 정민이 마리아를 바라보았다.

"소금통 좀 주세요."

마리아가 작은 소금통을 주자 정민이 그것을 들고는 바 위에 화장지를 깔았다.

스윽! 스윽!

화장지 위로 소금통을 올린 정민이 김호철을 보며 말했다.

"아르카디안에서 사람을 구할 때 컨테이너를 들고 다니셨다고 했죠."

"그렇지."

정민이 소금통을 들었다.

"소금통을 컨테이너라고 하면, 와이번이 컨테이너를 들고 날아올라요. 그리고 적진 위에서……."

화장지 위로 정민이 소금통을 천천히 기울였다.

톡톡!

정민이 소금통을 손가락을 치자 소금이 떨어졌다.

"그리고 컨테이너 안에는 폭발물이 들어 있는 거죠. 콰콰쾅!"

정민의 입에서 나온 콰콰쾅이라는 소리에 잠시 있던 김호철이 백진을 바라보았다.

"저는 가지 않겠습니다."

"도 국장이 반드시 자네를 데려오라고 했다."

"그건 도 국장님 생각이시고……. 뭐가 되었든 사람 죽이는 일을 하라는 것 아닙니까? 제가 사람 죽이는 것을 즐기는 연쇄 살인마도 아니고, 저는 싫습니다."

김호철의 말에 백진이 그를 보다가 말했다.

"더 큰 피해를 막기 위한 일이네."

"더 큰 피해는 모르겠고……. 사람 죽이러 가는 건 싫습니다."

단호한 김호철의 답에 백진이 잠시 있다가 입을 열었다.

"전쟁에 참전하든 사람을 죽이든 말든 그것은 자네 결정이니 존중하네."

"감사합니다."

"하지만…… 아르카디안에는 가주게. 도 국장이 반드시 자네가 와야 한다고 했네."

"저는…….'

"가서 만나기만 해주게. 도 국장이 얼마나 급하다 생각을 하면 나에게 자네를 반드시 데려와 달라고 했겠나."

백진의 말에 잠시 있던 김호철이 한숨을 쉬었다.

"좋습니다. 만나서 이야기는 하겠지만…….'

"결정은 자네가 하면 되네."

"알겠습니다."

고개를 끄덕인 백진이 먼저 밖으로 나가자 김호철이 사람들을 바라보았다.

"별다른 일 없으면 오늘 중으로 돌아오겠습니다."

"빨리 와. 밤이 길어."

고윤희의 말에 김호철이 미소를 지으며 그녀의 손을 한 번 잡아주고는 몸을 돌렸다.

　　그리고 그런 김호철의 뒤를 정민이 급히 따랐다.

　　"형, 나도 같이 가요."

　　"넌 왜?"

　　"이런 대규모 전쟁 한번 보는 것이 꿈이었어요."

　　"놀러 가는 거 아냐."

　　"저도 놀러 가는 거 아니에요. 도 국장님한테 도움이 될 거예요."

　　"어떻게?"

　　김호철의 말에 정민이 자신의 머리를 두들겼다.

　　"제 능력 게임 중에는 전략 시뮬레이션도 있어요."

　　"전략 시뮬레이션?"

　　"삼국지 게임 같은 거요."

　　"위험할 수도 있는데……."

　　"다니엘을 저한테 붙여주시면 되죠."

　　정민의 말에 잠시 생각을 하던 김호철이 고개를 끄덕였다.

　　다니엘을 정민의 옆에 붙여두면 최소한 죽지는 않을 것이다.

　　그리고 정민의 머리가 좋으니 도움이 될 것도 같고 말이다.

　　"알았다."

말과 함께 김호철이 문을 나서자 정민이 그 뒤를 따라붙었다.

　김호철이 밖으로 나오자 백진의 발밑에서 바람이 일더니 그들의 몸을 휘어 감았다.

　그리고 셋의 몸이 빠르게 하늘로 솟구쳤다.

8장
전쟁을 겪다

화아악!

빛과 함께 게이트를 통과한 김호철이 주위를 둘러보았다.

아르카디안 거점은 여전히 북적거리고 있었다.

게다가…….

'엄청 커졌네.'

거점은 엄청나게 커져 있었다. 컨테이너와 목재로 된 집이 끝이 보이지 않을 정도로 펼쳐져 있었고 그 사이를 많은 사람이 왔다 갔다 하고 있었다.

"와, 여기가 거점이군요."

거점에 처음 와본 정민이 신기한 듯 주위를 둘러볼 때 김호철에게 라이언이 다가왔다.

"늦어!"

보자마자 고함을 지르는 라이언의 모습에 김호철이 눈을 찡그렸다.

"왜 큰소리야?"

"너 오라고 연락한 지가 언제인데! 이제 오는 거야!"

잔뜩 화가 난 듯한 라이언의 모습에 김호철이 그를 보다가 혀를 찼다.

"이곳과 지구 시간 차이가 열 배다. 언제 연락했는지 몰라도 난 연락 받고 바로 온 거야."

김호철의 말에 그를 보던 라이언이 급히 몸을 돌렸다.

"따라와라."

라이언이 서둘러 걸음을 옮기는 것에 김호철이 그 뒤를 따랐다.

"도 국장님은?"

"빨리 오기나 해."

서두르는 라이언을 따라간 김호철은 적십자 마크가 있는 막사 안으로 들어갔다.

"도 국장님 어디 다친 거야?"

김호철의 말에 라이언은 굳은 얼굴로 그를 데리고 한쪽으로 걸어갔다.

"크으윽!"

"으으윽!"

치료 막사 안에는 중한 환자들이 신음을 흘리며 고통스러워하고 있었고, 그 주위를 의사와 간호사들이 빠르게 오가며 그들을 치료하고 있었다.

"사람이…… 많이 다쳤네요."

"그러게……."

다친 사람들을 보며 긴장을 하는 정민을 보며 김호철 자신도 긴장이 되기 시작했다.

전쟁이 났다는 이야기를 들었을 때는 먼 나라, 아니, 먼 행성의 일일 뿐이라고 생각을 했는데 지금 눈앞에서 이 상황을 보니 전쟁이라는 것이 피부로 다가온 것이다.

잠시 다친 사람들을 보고 있을 때 라이언이 그들을 돌아보았다.

"빨리 와."

라이언의 말에 김호철이 안쓰러운 눈으로 부상자들을 보다가 그 뒤를 따랐다.

커다란 막사 안으로 들어간 김호철은 곧 도원군을 볼 수 있었다.

도원군을 본 순간 김호철의 얼굴이 굳어졌다. 도원군의 팔 하나가 보이지 않았다.

"구…… 국장님?"

놀라 바라보는 김호철을 본 도원군이 고개를 끄덕였다.

"백진이 어떻게 너를 설득을 하기는 한 모양이구나."

"이게 어떻게 된 일입니까?"

"마법…… 생각보다 더 귀찮은 것이더군."

"마법?"

"적군 대장을 죽이겠다고 갔는데 순간이동이 되지 않더구나. 강진이 아니었다면 죽었을 것이야."

"두 분이 같이 갔는데 이렇게 되셨다는 말입니까?"

"후! 마법과 검을 무시한 결과지."

작게 웃으며 몸을 일으키는 도원군을 부축한 라이언이 말했다.

"좀 더 누워 계셔야 합니다."

"아직 죽을 때는 안 되었으니…… 괜찮다."

그런 도원군의 모습에 김호철이 말했다.

"그럼 강 대협은?"

"지금 마교 고수들 호위를 받으며 운기조식을 하고 있다. 그 녀석도 상태가 그리 좋지 않아."

'마교 교주인 강진 대협과 도 국장님 둘이 같이 있었는데도 이런 꼴이라니……. 적 중에 상당한 고수들이 있는 모양이구나. 하긴 카인과 같은 놈도 있는데.'

김호철이 속으로 중얼거릴 때 도원군이 정민을 바라보

았다.

"너도 같이 왔구나."

"도움이 될까 싶어서 왔는데……. 그래서 적은 죽이고 오신 겁니까?"

안부도 묻지 않고 적에 대해 묻는 정민을 보며 도원군이 피식 웃었다.

"내가 팔 하나 떼어놓고 왔다. 그런데 놈들이 멀쩡하면 내가 너무 섭하지. 후후후!"

그것으로 답을 대신한 도원군을 보며 정민이 말했다.

"현재 이곳 상황을 설명해 줄 수 있는 분과 이야기를 하고 싶습니다."

정민의 말에 도원군이 옆에 있던 SG를 향해 고개를 끄덕였다.

"전략 지휘실에 데려다주고 필요한 것 있으면 도와주거라."

SG가 정민을 데리고 가자 김호철이 도원군 옆에 있는 의자에 앉았다.

"몸은 좀 괜찮으십니까?"

"팔 하나 잘린 것치고 몸은 괜찮다."

"그런데…… 저를 부르신 이유는?"

"백진에게 대충 이야기는 들었겠지만 지금 이곳 상황이 커져 버렸다."

"전쟁 났다는 이야기는 들었는데 그것 때문에 저를 부르신 것입니까?"

김호철의 말에 도원군이 그를 보며 말했다.

"네가 이런 것을 싫어하는 줄은 알지만…… 전쟁에 네가 나서줘야겠다."

도원군의 말에 김호철이 그를 보다가 말했다.

"비행기가 날지 못한다는 이야기는 들었습니다. 혹시 저를 폭격기로 이용하실 생각입니까?"

김호철의 말에 도원군이 피식 웃었다.

"정민 군이 그리 말을 하던가?"

"처음에는 자객으로 쓰려고 하는 건가 생각을 했다가…… 도 국장님 능력이 암살에는 저보다 더 좋을 것 같더군요."

"후! 그래서 이 꼴이 났지."

웃으며 고개를 저은 도원군이 김호철을 보며 말했다.

"맞다. 네가 폭격기처럼 적진에 폭탄 투하를 해줬으면 좋겠다."

"역시 그렇군요."

"해줄 수 있겠느냐?"

도원군의 말에 김호철이 그를 바라보았다. 올 때만 해도 그냥 얼굴만 비추고 돌아갈 생각이었다. 그런데 도원군이 팔이 잘려 나간 채 자신을 보고 있는 것이다.

'상황 난감하네.'

도원군의 잘린 팔을 보고 있자니 마음이 걸린 김호철이 잠시 답을 하지 않다가 한숨을 쉬며 고개를 저었다.

"사람을 죽이고 싶지 않습니다."

"이미 벌어진 전쟁이고 죽이지 않으면 우리가 죽는 일이다."

"아프간에서 전쟁이 벌어졌다고 제가 가서 싸울 이유는 없습니다. 그런데 이곳은 같은 지구도 아니고 다른 행성입니다. 여기 싸움에⋯⋯."

"그렇지. 다른 행성에서 벌어진 싸움이지. 그래서 우리는 이 싸움에서 반드시 이겨야 한다."

잠시 말을 멈춘 도원군이 김호철을 보며 말을 이었다.

"이 싸움에서 패배하면 이 전장은 지구로 바뀔 수도 있다."

"지구로?"

"여기서 막지 않으면 지구에서 흘리지 않아도 될 피와 하지 않아도 될 싸움이 벌어진다."

"저를 끌어들이기 위해 허풍 치시는 것 아닙니까?"

"허풍이라⋯⋯. 이미 지구에서는 벌어지고 있는 싸움이다."

"지구에서?"

"우리야 여기 온 지 얼마 안 됐지만, 그놈들은 지구에 오랜 세월 거점을 만들어 왔다. 그런데 지구가 아르카디안의 전장에 합류했다. 그놈들이 어떻게 할까?"

"테러?"

김호철의 말에 도원군이 고개를 끄덕였다.

"미국과 러시아 쪽 군 기지 몇 곳에 폭탄 테러가 가해졌다."

"왜 하필 군 기지를?"

"경비가 삼엄한 군 기지에도 테러를 할 수 있다는 일종의 시위다. 군 기지를 타깃으로 할 수 있다면 다른 곳도 할 수 있다는."

"개놈들이군요."

"후! 그래, 개놈들이지. 하지만 그놈들 입장에서는 우리도 개놈들이겠지."

작게 웃은 도원군이 김호철을 바라보았다.

"우리는 판도라의 상자를 열어버렸다.

"무슨 의미입니까?"

김호철의 물음에 도원군이 입을 열었다.

"그동안 우리 지구인들이 아르카디안에 대해 잘 모르고 있었던 것처럼, 아르카디안도 대외적으로는 지구에 대한 교류에 대한 것을 숨기고 있었다. 타국에는 철저한 비밀로 하면서 말이다."

도원군의 말에 김호철이 고개를 끄덕였다.

'카인의 트루실 왕국도 어떤 나라들이 지구와 연결이 되어 있었는지 알지 못했으니.'

김호철이 그런 생각을 할 때 도원군이 말을 이었다.

"그런데 우리가 이곳에 거점을 만들고 트루실을 앞세워서 아르카디안과의 협력 관계를 만들려고 했다."

"협력이 나쁜 것은 아니잖습니까?"

"우리 생각은 그렇지. 하지만 이곳 나라들 중에는 그것을 침략이라 생각을 하는 이들이 있다."

"지들이 먼저 지구에 거점들을 만들어 놨으면서 우리가 거점을 만드니 침략으로 생각을 한다? 웃기는 놈들이군요."

"후! 개놈들이니까."

자신의 말에 작게 웃는 도원군을 보며 김호철이 말했다.

"그 타루 왕국도 적국 중 하나라고 했는데 그놈들이 지구에서 가져온 폭약으로 한 짓들을 그들은 모릅니까?"

"타루 왕국에서는 그런 일이 없다고 잡아떼고 있다."

"증거가 있을 것 아닙니까?"

"폭약을 가져간 증거가 있기는 한데…… 어차피 지구에서 제시한 증거다."

"믿지 않는다는 거군요."

"믿고 말고의 문제가 아니지. 타루 왕국이 제시한 명분이 다른 나라를 움직였다는 것이 문제다. 지구의 침공을 막아야 한다는 것이다."

"지구가 그들에게 명분이라는 것입니까?"

"그렇다."

도원군의 말에 잠시 있던 김호철이 말했다.

"그런데 왜 전투에서 밀리는 겁니까? 지구에서 무기 많이 가져왔을 것 같은데?"

"그놈들도 지구의 무기를 가지고 있다."

"지구 무기를?"

"카인 말에 의하면 지구 무기를 이곳에서 연구해서 만든 것 같다고 하더군."

"만들었다라……."

도원군의 말에 김호철이 고개를 끄덕였다.

"지구 하루가 이곳의 열흘……. 일 년 전에만 가져와도 십 년은 연구한 거니 무기 만들 시간은 충분했겠군요."

"최첨단 전자 병기들은 어렵겠지만, 구식 포대들과 같은 것은 아르카디안의 마법 문명과 섞여서 더 좋다."

"쯥!"

작게 혀를 찬 김호철이 잠시 생각을 하다가 말했다.

"이 전쟁에서 지면 어떻게 될 것 같습니까?"

김호철의 말에 도원군이 가만히 있다가 입을 열었다.

"밀릴 수는 있지만 이 전쟁에서 지지는 않는다."

"밀리면 지는 것 아닙니까?"

김호철의 물음에 도원군이 슬쩍 주위를 보고는 작게 입을 열었다.

"핵."

핵이라는 단어에 김호철의 얼굴이 굳어졌다.

"설마? 핵무기를 가져오신 겁니까?"

김호철의 말에 도원군이 고개를 저었다.

"아직은 아니다."

"그럼?"

"미국과 러시아에서 핵무기를 사용하자는 제안을 했다."

"너무 심한 것 아닙니까? 아무리 다른 행성이라고 해도 핵이라니."

"그래서 너를 부른 것이다. 더 밀리기 전에 이 싸움의 전세를 우리 쪽으로 돌려야 한다. 핵이 발사되면…… 아르카디안과 지구는 더 이상 협력이고 뭐고 없다. 말 그대로 전쟁이다."

김호철을 보던 도원군이 말을 이었다.

"양 행성 간에 전쟁이 벌어진다면…… 한국도 그 전쟁의 소용돌이에서 벗어날 수가 없다."

도원군이 말을 하지는 않았지만, 김호철은 그가 하는 말이 자신의 가족과 사무소 직원들을 지목하고 있음을 알았다.

가만히 있던 김호철이 한숨을 쉬고는 얼굴을 쓸어내렸다.

'전쟁을 지구로 끌고 갈 수는 없다.'

전쟁은 싫지만…… 그 전쟁이 자기가 사는 곳으로 오는 것은 더욱 싫다.

잠시 얼굴을 손으로 가리고 있던 김호철이 입을 열었다.

"제가 떨어뜨릴 폭탄…… 아주 강력한 놈들로 준비해 주십시오."

"이미 폭탄은 준비가 끝나 있다."

"휴유!"

작게 한숨을 내쉰 김호철이 고개를 끄덕였다.

"가죠."

김호철의 말에 미소를 지은 도원군이 그의 어깨에 손을 올렸다.

화아악!

화아악!

빛과 함께 모습을 드러낸 김호철은 사방에서 들려오는 폭발음과 총성들을 들을 수 있었다.

퍼퍼퍼펑!

타타타탕!

강렬한 폭음과 총성들에 김호철이 정신이 없을 때 도원군이 그를 데리고 한쪽에 있는 막사로 다가갔다.

"김호철 씨, 오셨군요."

막사에 들어간 김호철은 황금 갑옷을 입고 있는 카인을 볼 수 있었다.

카인은 피곤함에 찌들어 있는 모습이었다. 게다가 황금 갑옷 여기저기에 피와 흙들이 묻어 있는 것을 보니 그도 편하지는 않았던 모양이었다.

그리고 그 주위에 모여 있는 지구 군인들의 모습도…….

김호철에게 다가온 카인이 반지 하나를 건넸다.

"이거 끼십시오."

"선물입니까?"

"후! 연합군들 통역 반지입니다."

"통역 반지?"

"이 반지를 끼고 있는 사람들끼리는 대화가 가능합니다. 대량으로 만들기 위해 철로 만들기는 했지만 은으로 코팅 처리 했으니 쇳독은 오르지 않을 겁니다."

카인의 설명에 김호철이 반지를 손가락에 끼웠다.

'역시 언어가 중요하기는 하군.'

"폭음이 장난 아니군요."

"김호철의 물음에 카인이 고개를 끄덕였다.

"양측에서 포격을 쉬지 않고 쏘아대니 그렇습니다. 도 국장님은 좀 쉬십시오. 여기서부터는 제가 맡겠습니다."

카인의 말에 도원군이 고개를 끄덕였다.

그렇지 않아도 장거리 순간이동을 하느라고 이마에서 식은땀이 흘러내리고 있었다.

도원군이 한쪽에 있는 의자에 가서 앉는 것을 보며 김호철이 말했다.

"상황은요?"

김호철의 말에 카인이 한쪽에 있는 탁자로 그를 데리고 갔다.

탁자 위에는 주변 전황이 3D 영상으로 표현이 되어 있었다.

"이쪽 붉은색이 아군, 파란색이 적군입니다."

반원형으로 퍼져 있는 파란색 진영을 보던 김호철이 입맛을 다셨다.

"이쪽 수가 너무 부족한 것 아닙니까?"

"저쪽 수가 많기는 하죠. 하지만 화력은 저희가 우세합니다."

그러고는 카인이 김호철을 바라보았다.

"도 국장님께 이야기는 들으셨습니까?"

"인간 폭격기 이야기는 들었습니다."

김호철의 말에 카인이 고개를 끄덕이고는 말했다.

"전술적으로 필요한 지점에 폭격을 해주시면 됩니다."

말과 함께 카인이 적진이 표시된 부분을 손으로 만지고 벌리자 영상이 확대됐다.

"이곳과 이곳, 두 곳을 우선적으로 타격해 주시면 됩니다."

"이쪽은 너무 적진 깊숙한 곳 아닙니까?"

하나는 적진 앞부분인데 하나는 적진 가운데에 위치해 있는 것이다.

"이곳에 포대가 있습니다. 이곳을 폭파하면 저희 쪽 기사단이 돌격할 것입니다."

"굳이 돌격할 필요가 있나요? 포만 계속 쏴대면 될 텐데?"

"포격으로는 한계가 있습니다."

"그럼 이 앞부분은 왜 때리는 겁니까?"

김호철이 앞부분을 가리키자 카인이 말했다.

"적의 주력 기사단이 위치해 있습니다."

"강한가 보네요?"

"강합니다. 그래서 저희 쪽 피해를 줄이려면 치우고 들어가야 합니다."

카인의 답에 김호철이 고개를 끄덕였다.

"준비는 다 된 겁니까?"

"김호철 씨가 준비되면 바로입니다."

"그럼 바로 가죠."

김호철의 말에 카인이 고개를 끄덕이고는 그를 데리고 밖으로 나갔다.

김호철은 컨테이너를 보고 있었다. 컨테이너 안으로는 육체 강화 능력자들이 폭탄을 싣고 있었다.

그리고 컨테이너의 주위에는 이십 명의 능력자가 있었다.

하나같이 하늘을 날거나 바람을 다룰 수 있는 능력자들…….

그들은 김호철이 컨테이너를 들고 날아갈 때 그 주위에서 호위를 해줄 이들이었다.

폭탄을 싣고 있는 능력자들을 보던 카인이 김호철을 바라보았다.

"여기 있는 분들이 김호철 씨와 함께 상승할 호위 병력이고, 위를 보시면 새 같은 것이 날아다니는 게 보이십니까?"

카인의 말에 김호철이 하늘을 올려다보았다.

카인이 말을 하니 새 같은 것이 보이는 것 같기도 했다.

"그리폰 나이트들입니다."

"그리폰?"

"하늘을 날 수 있는 몬스터를 길들인 기사들입니다. 저들이 김호철 씨를 호위해 같이 적진에 들어갈 겁니다."

"적진에도 저런 나이트들이 있겠군요?"

김호철의 말에 고개를 끄덕인 카인이 말했다.

"명심하십시오. 김호철 씨 임무는 전투가 아니라 정확한 위치에 폭격을 하는 겁니다."

"알겠습니다."

"와이번이 솟구치는 것과 동시에 적진을 향해 화력을 집중해 공격하겠지만, 놈들도 바보가 아닌 이상 김호철 씨를 목표로 공격할 겁니다."

"그렇겠죠."

"컨테이너 외부는 강화해서 포격을 맞아도 몇 번은 버틸수 있을 겁니다."

"하지만 많이 맞으면 터지겠군요. 안에 있는 폭탄들과 함께?"

"그렇습니다. 그러니 최대한 높이 올라가야 합니다."

"그건 당연한 거고……. 폭탄은 어떻게 떨어뜨립니까?"

"위치에 도달하면 호위 능력자들이 하겠지만 여기 보시면 레버가 있습니다. 이것을 잡아당기면 컨테이너 하단이 벌어지며 폭탄이 투하됩니다."

카인의 말에 김호철이 레버를 보다가 컨테이너 위로 올라갔다.

화아악!

김호철이 데스 나이트와 합체하는 것을 보던 카인이 부하들을 시켜 컨테이너 문을 닫았다.

그리고 주위에 있던 능력자들이 떠오르기 시작했다.

능력자들이 자신의 능력을 이용해 솟구치는 것을 보며 김호철이 와이번을 소환했다.

컨테이너를 잡고 솟구치는 와이번의 등에 올라탄 김호철이 밑을 내려다보았다.

퍼퍼퍼펑! 콰콰콰쾅!

아군 쪽에서 쏘아내는 포격, 그리고 아군 쪽으로 날아오는 포격…… 그리고 사람들의 비명과 신음…….

'대를 위한 소의 희생이라…….'

따지고 본다면 김호철 지금 자신이 하려는 일은 큰 싸움을 막기 위해 작은 싸움을 이기려는 것이다.

물론 양측 군대 수를 본다면 결코 작은 싸움으로 보이지는 않았지만…….

어쨌든 지금 김호철은 사람을 죽여서 많은 사람을 구하려는 것이다.

"휴! 내가 대의 입장에서 서게 될 줄은 몰랐지만……. 대든 소든 기분 안 좋기는 마찬가지네."

고개를 저은 김호철이 전장을 바라보았다.

"하지만 해야 할 일이라면 최선을 다하자."

작게 중얼거린 김호철이 와이번의 몸에 손을 댔다.

"더 높게 날자."

말과 함께 마나를 주입하자 와이번이 더욱 높게 솟구치기 시작했다.

펄럭! 펄럭!

그리고 그런 김호철과 와이번을 향해 적진에서 포격이 날아오기 시작했다.

"막아!"

포격이 날아오는 것에 능력자들이 자신들의 능력을 발휘하기 시작했다.

화아악! 사사삭!

날카로운 바람이 날아오는 포탄들을 터뜨리기 시작했다.

채채채챙!

그와 함께 컨테이너에 탄알 부딪히는 소리가 요란하게 들려왔다.

적진에서 쏘아대는 탄에 김호철이 급히 소리쳤다.

"컨테이너 위로 엄폐하세요!"

김호철의 외침에 능력자들이 황급히 컨테이너 위로 올라갔다. 하지만……

"크악!"

미처 올라서지 못한 능력자 한 명이 비명을 지르며 추락하기 시작했다.

"가고일!"

김호철의 외침에 가고일이 빠르게 나타나며 떨어지는 능력자를 잡아끌어 올렸다.

와이번 위로 올라오는 능력자를 보며 김호철이 더욱 마나를 불어넣었다.

펄럭! 펄럭!

와이번이 빠르게 상승을 하기 시작하자 총격과 포탄들이 줄어들었다. 사정거리가 닿지 않는 고도까지 올라온 것이다.

그제야 안도를 한 김호철이 총을 맞은 능력자를 바라보았다.

"괜찮습니까?"

김호철의 말에 능력자가 신음을 흘리며 총에 맞은 다리를 바라보았다.

"허억! 허억! 죽지는 않을 것 같습니다."

컨테이너에 있던 능력자들이 빠르게 올라와 다친 사람을 살피기 시작했다.

그것을 보던 김호철이 주위를 바라보았다. 그의 주위에는 어느새 그리폰 나이트들이 날고 있었다.

펄럭! 펄럭!

사십 명가량의 그리폰 나이트는 김호철 주위를 날며 대열을 유지하고 있었다.

그리고 적진에서도 그리폰 나이트들이 날아오기 시작했다.

'수가 밀리네.'

날아오는 그리폰 나이트들의 수가 아군의 두 배는 되어 보이는 것에 김호철이 와이번의 몸에 강하게 마나를 불어넣었다.

화아악!

점점 더 검게 변해 가는 와이번의 몸을 보며 김호철이 숨을 골랐다.

"흡!"

숨을 고르며 마나를 흡수하던 김호철이 와이번의 몸을 박찼다.

파앗!

파지직! 파지직!

뇌전의 날개를 양쪽으로 펼친 김호철이 그리폰 나이트들을 향해 쏘아져 갔다.

"김호철……."

뒤에서 자신을 부르는 소리가 들렸지만, 김호철은 신경 쓰지 않았다.

'운반에만 집중하라는 것이겠지.'

김호철의 임무는 전투가 아닌 폭탄의 운반이다.

하지만 김호철이 생각이 없어서 나선 것이 아니다.

어차피 지금 한 번으로 끝날 폭격이 아니다. 최소 두 번이고 성과가 안 좋다면 몇 번 더 해야 할 것이다.

이런 상황에서 적의 그리폰 나이트는 계속 만나게 될 적이고 방해다.

줄일 수 있을 때 줄이고 아군의 그리폰 나이트를 보전하는 것이 나았다.

파지직! 파지직!

뇌전을 뿌리며 앞으로 빠르게 쏘아져 가는 김호철의 모습에 놀란 아군 그리폰 나이트들이 급히 그 뒤를 따랐다.

"뭐하는 짓이에요! 물러나요!"

검은 망토를 걸친 그리폰 나이트의 외침에 고개를 돌린 김호철의 얼굴에 의아함이 어렸다.

바람으로부터 시야를 확보하기 위해 투구를 쓰고 있었는데 그것을 젖히자 얼굴이 드러난 것이다.

"여자?"

그리폰 나이트는 여자였다.

그리고 그 여자라는 말에 그리폰 나이트의 얼굴이 굳어졌다.

"붉은 태양 기사단 단장 헬레나예요. 여자가 아니에요."

앙칼진 헬레나의 외침에 김호철이 그녀를 보다가 소리쳤다.

"1차 공격은 제가 합니다. 뒤를 따라요!"

"지금 누구를!"

하지만 헬레나의 외침은 더 이상 들리지 않았다.

김호철이 더욱 빠르게 적들에게 쏘아져 간 것이다.

화아악! 화아악

김호철의 갑옷이 변하며 다니엘의 갑옷으로 변했다.

'해머보다는 창이 낫겠지.'

중얼거림과 함께 김호철이 든 창에 뇌전의 기운이 물씬 피어오르기 시작했다.

"뇌전!"

외침과 함께 김호철이 앞을 향해 뇌전의 창을 집어 던졌다.

파지직! 파지직!

말 그대로 뇌전이 되어 쏘아지는 창에 그리폰 나이트들이 급히 사방으로 흩어졌다.

하지만…….

"치즈!"

김호철이 창과 연결이 된 뇌전을 강하게 움켜쥐고는 크게 휘둘렀다.

파지직! 파지직!

그러자 뇌전의 창이 사방으로 피한 적들을 향해 휘둘러지기 시작했다.

"크아악!"

"으아악!"

비명을 지르며 창에 쪼개진 기사와 그리폰 나이트들이 땅으로 떨어져 내리기 시작했다.

파지직! 파지직!

김호철이 휘두르는 뇌전의 창에 그를 둘러싼 그리폰 나이트들이 비명을 지르며 떨어져 내렸다.

그리고 그런 김호철을 향해 그리폰 나이트들이 총을 쏘아 댔다.

타타타타탕!

파파파파팟!

갑옷에 맞고 튕겨져 나가는 총알들에 김호철이 눈을 찡그렸다.

'아프다.'

분명 대구경 총이 아니라 권총과 같은 것으로 쏘고 있는데 그 위력이 지구에서 맞은 대구경 총처럼 아팠다.

'총에 마법을 가미했다고 하더니…….'

속으로 중얼거린 김호철이 뇌전을 끌어당겼다.

파지직!

뇌전이 당겨지며 하늘을 이리저리 휘둘러지던 창이 돌아왔다.

타앗!

창을 잡은 김호철이 열 마리 정도 남은 적 그리폰을 바라보았다.

힐끗!

시선을 옆으로 돌리자 목표 지점으로 날아가고 있는 컨테이너와 아군 그리폰 나이트들이 보였다. 자신이 적들을 처리하는 동안 그들은 저지선을 뚫고 적진으로 들어간 것이다.

몇 마리의 적 그리폰 나이트가 그것을 막기 위해 달려들고 있었고 아군 그리폰 나이트들이 밀리는 기색 없이 맞서 싸우고 있었다.

채채챙!

김호철이 컨테이너를 볼 때 그를 향해 총알들이 날아왔다.

하지만 다니엘의 창에 막혀 김호철을 타격하지는 못했다.

휘리릭!

창을 빠르게 회전시킨 김호철이 그리폰 나이트들을 바라보았다.

"그나저나 이놈들 빠르네."

지금 살아남은 그리폰 나이트들은 무척 빨랐다.

뇌전의 창을 요리조리 피하며 공격을 해대니 말이다.

"근접전으로 해서 하나씩 잡아야 하나?"

잠시 생각을 하던 김호철이 뇌전의 날개를 펄럭이다가 와이번이 있는 곳으로 빠르게 날아가기 시작했다.

"놓치지 않는다!"

"잡아!"

그런 김호철의 모습에 그리폰 나이트들이 그를 쫓기 시작했다.

자신을 쫓아 날아오는 그리폰 나이트를 달고 김호철이 창을 세웠다.

"가자!"

파지직!

외침과 함께 뇌전의 날개가 더욱 커지더니 와이번 주위에 있던 적 그리폰 나이트 한 마리를 그대로 꿰뚫었다.

퍼억! 후두둑!

기사와 함께 그리폰 나이트를 그대로 뚫고 지나간 김호철이 창을 던졌다.

파앗! 파지직!

퍼억!

뇌전처럼 쏘아진 창에 그리폰 나이트가 그대로 꿰뚫렸다.

앞에 있는 적들만 신경을 쓰다가 뒤에서 날아온 김호철의 공격에 미처 대응하지 못하고 그대로 죽어버린 것이다.

그와 함께 김호철이 와이번 위로 내려섰다.

"나와."

김호철의 부름에 그의 주위로 나가와 트롤 주술사들이 모습을 드러냈다.

"공격."

김호철의 말에 나가와 트롤 주술사들의 손에서 공격 마법
이 쏘아져 나갔다.

화아악! 화아악!

에너지 볼트와 같은 마법들이 그리폰 나이트들을 향해 쏘
아져 갔다.

퍼퍼퍼펑!

그에 회피 기동을 하는 적들을 향해 김호철이 창을 뒤로
잡아당겼다.

'한 번에 하나씩……'

중얼거림과 함께 창이 그의 손에서 쏘아져 나갔다.

퍼억! 퍼억!

그리고 컨테이너에 타고 있는 능력자들의 공격까지.

그리폰 나이트들이 하나둘씩 떨어지기 시작했다.

"포격 기지 포인트다!"

창을 던지고 회수하기를 반복하던 김호철은 그리폰 나이
트 단장 헬레나의 외침에 그녀를 바라보았다.

"여깁니까?"

"그래!"

헬레나의 외침에 김호철이 뇌전의 날개를 펼치고는 컨테

이너 밑으로 다가갔다.

파지직! 파지직!

그리고 레버를 잡은 김호철이 밑을 바라보았다.

개미 떼처럼 보이는 사람들의 적진을 보던 김호철이 입술을 깨물었다.

"난 내가 해야 할 일을 해야겠습니다."

말과 함께 김호철이 레버를 잡아당겼다.

덜컥!

순간 컨테이너 바닥이 떨어져 나갔다.

휘이익!

덜컥! 덜컥! 덜컥!

바람을 가르며 떨어지는 컨테이너 바닥을 따라 폭탄들이 줄줄이 투하되기 시작했다.

그와 함께 살아남은 적 그리폰 나이트들이 서둘러 하강을 하기 시작했다.

타타탕! 타탕!

연신 총을 쏘며 떨어지는 폭탄들을 터뜨리려 노력하는 적군 그리폰 나이트들……

그리고 그런 적들을 쫓아 하강을 하며 총을 쏘아대는 아군 그리폰 나이트들……

그 모습을 보던 김호철의 눈에 땅에서 일어나는 폭발이 보였다.

콩! 우르릉!

그리고 그 폭발은 연이어 일어나기 시작했다.

쾅쾅쾅쾅!

밑에서 일어나는 엄청난 폭발을 가만히 보던 김호철이 와이번이 들고 있던 컨테이너를 던져 버렸다.

부우웅!

휘이익!

하늘을 가르며 적진 쪽으로 떨어지는 컨테이너를 뒤로하고 김호철이 아군 쪽으로 날아가기 시작했다.

9장
인간 폭격기

아군 진지에서 다시 컨테이너를 들고 날아 오른 김호철이 호위 능력자들과 함께 적진을 향해 날아가기 시작했다.

자신의 옆에서 편대 비행을 하는 그리폰 나이트들을 본 김호철이 헬레나를 향해 손짓했다.

펄럭! 펄럭!

김호철의 부름에 헬레나가 그리폰을 몰아 다가왔다.

"그리폰으로는 폭격 못 합니까?"

대뜸 질문을 던지는 김호철을 보던 헬레나가 고개를 저었다.

"우리를 보면 알겠지만, 그리폰 나이트는 최대한 적은 무장을 한다. 그리폰이 아무리 힘이 좋아도 사람을 태우고 날아다니는 것은 쉬운 일이 아니다."

헬레나의 말에 고개를 끄덕인 김호철이 앞을 바라보았다.

그리폰 나이트들이 할 수 있다고 하면 자신은 호위나 해줄 생각이었는데 역시 안 되는 모양이었다.

그런 생각을 하며 날아가던 김호철의 귀에 요란한 폭음이 들려왔다.

퍼퍼펑! 퍼펑!

밑을 내려다보니 적진에서 그를 향해 포격을 하고 있었다.

하지만 포 대부분은 와이번에게 닿지 못했다.

"더 높게 날아야 하나?"

그런 생각을 하던 김호철의 눈에 땅에서 빛이 뭉치는 것이 보였다.

화아악! 화아악!

빛이 모이는 것에 김호철이 의아한 듯 밑을 볼 때 헬레나가 고함을 질렀다.

"공격 마법이다!"

헬레나의 외침에 김호철이 그녀를 바라보았다.

"공격 마법이 여기까지 닿습니까?"

"몰라요! 어서 빨리 날기나 해요!"

헬레나의 고함이 아니더라도 이미 김호철의 와이번은 최대 속도로 날고 있었다.

적진을 날아가는데 적당히 날아갈 수는 없으니 말이다.

그리고…….

번쩍!

빛이 번쩍이는 것과 함께 뇌전이 빛에서 솟구쳤다.

"라이…….."

트닝이라는 말을 외치려던 헬레나의 눈에 놀람이 떠올랐다. 밑에서 뇌전이 솟구치는 것과 함께 그녀의 눈에 그 뇌전을 향해 떨어지고 있는 김호철이 보인 것이다.

김호철의 날개에서 검은 뇌전이 쏟아져 나왔다. 그리고 그 검은 뇌전이 솟구치는 푸른 뇌전을 향해 쏘아져 갔다.

파지직! 파지직!

그리고 서로 부딪치는 두 개의 뇌전…….

파지직! 파지직!

요란하게 사방으로 퍼져 나가는 두 개의 뇌전.

파지직! 파지직!

그리고 뇌전이 곧 사방으로 흩어지며 사라지기 시작했다.

그것을 본 김호철이 뇌전의 날개를 펄럭이며 솟구치더니 컨테이너 레버를 잡았다.

"아직 포인트가 아니에요!"

헬레나의 외침에도 김호철이 그대로 레버를 잡아당겼다.

덜컥!

컨테이너 바닥이 떨어져 나가며 폭탄들이 떨어지기 시작했다.

"지금 뭐하는 짓이에요!"

헬레나의 외침에 김호철이 고개를 저었다.

"앞으로 몇 번 더 왔다 갔다 해야 할지 모르는데 우리를 공격할 수단을 두고 다닐 수 없습니다."

말과 함께 김호철이 와이번을 보자, 와이번이 앞으로 나가던 것을 멈추고 라이트닝 마법이 솟구친 곳 주위를 선회하기 시작했다.

덜컥! 덜컥!

완전히 땅을 갈아엎겠다는 듯한 곳을 집중적으로 폭격을 한 김호철이 컨테이너를 떨어뜨리고는 헬레나를 바라보았다.

헬레나는 자신이 받은 명령과 다른 행동을 한 김호철의 모습에 얼굴이 굳어져 있었다.

기사인 그녀에게 군령은 지엄한 것이다.

"시간 없으니 갑시다!"

아군 진영을 향해 날아가는 김호철와 와이번의 모습에 헬레나가 밑을 바라보았다.

쾅! 쾅! 쾅!

밑에서는 폭격에 의해 연신 폭발과 불길이 솟구치고 있었다.

김호철은 다섯 번째 폭격을 위해 날아오르고 있었다.

펄럭! 펄럭!

이미 적진의 주요 거점이라 할 수 있는 포대들과 대공 공격이 가능한 곳은 네 번의 폭격으로 인해 모두 박살이 난 상황이었다.

그리고 김호철의 그런 활약으로 아군 진영의 포대들은 조금씩 전진 배치를 하며 적진을 압박해 가고 있었다.

아군 진영이 전진을 한 만큼 적진은 뒤로 물러나고 있었다.

아무래도 장거리 공격이 가능한 포대의 공격은 위협적이었다.

그런 전황을 보며 날던 김호철이 헬레나를 향해 고개를 돌렸다.

"이제 길을 뚫어봅시다."

김호철의 말에 헬레나가 고개를 끄덕이고는 대열을 정비해 하강하기 시작했다.

휘이익!

빠르게 하강하는 헬레나와 그리폰 나이트들이 가방을 꺼내 들었다.

그런 그리폰 나이트들의 모습에 밑에서 총격이 쏘아졌다.

아슬아슬하게 사정거리 밖에서 비행을 하는 그리폰 나이트들을 보며 김호철이 적진의 위치를 가늠해 보고는 컨테이너 레버를 당겼다.

덜컥! 덜컥! 덜컥!

컨테이너 하단이 떨어져 나가는 것과 함께 폭탄이 떨어지기 시작했다.

김호철이 땅을 힐끗 보고는 와이번을 조종하기 시작했다. 적진의 앞부분에 폭격을 집중하는 것이다.

그와 함께 그리폰 나이트들이 가방에서 다이너마이트를 꺼내 도화선에 불을 붙이고는 땅에 떨어뜨리기 시작했다.

무겁고 큰 폭탄은 넣지는 못해도 다이너마이트 정도는 충분히 그들도 들고 날 수 있었다.

아공간 가방이나 아이템이 있다면 좋겠지만 그런 아이템은 이곳에서도 상당히 귀한 물건이었다.

카인이 김호철에게 준 아공간 혁대는 아주 좋은 물건인 것이다. 물론 김호철의 위치를 추적한다는 숨은 의도가 있기는 했지만 말이다.

쾅! 쾅! 쾅!

연신 터지는 폭음과 함께 컨테이너 안의 폭탄을 모두 투하한 김호철이 그 밑으로 다가갔다.

컨테이너 벽과 지붕에는 C4가 가득 붙어 있었다. 폭탄을 적재하고 남은 공간에 C4를 붙여 놓은 것이다. 그리고 C4들에는 도화선이 연결이 되어 있었다.

폭탄을 다 투하한 컨테이너를 그냥 돌 던지는 듯 버리는 것보단 이렇게 폭탄과 함께 투하하는 것이 더 효과가 있을 것 같아 이렇게 한 것이다.

파지직!

도화선에 뇌전으로 불을 당긴 김호철이 밖으로 나와서는 손을 내밀었다.

"던져."

김호철의 말에 와이번이 몸을 웅크렸다가 그대로 적진을 향해 컨테이너를 집어 던졌다.

부웅! 휘이익!

바람을 가르며 적진으로 날아가는 컨테이너를 보던 김호철이 고개를 돌려 아군 쪽을 바라보았다.

아군 진영 중심에서는 군용 트럭들이 달려 나오고 있었다.

수십 대의 트럭이 적진을 향해 돌격을 하고 그 뒤로는 말을 탄 기사들이 따르고 있었다.

트럭 앞에는 강철판들이 설치되어 있어 적들의 사격을 막고 있었다.

자신이 직접 적들과 싸울 수도 있지만, 지금 상황에서는 적진을 향해 폭격을 하는 것이 더 효율적이었다.

컨테이너를 들고 적진의 상공에 위치한 김호철은 밑을 보며 레버를 당겼다가 밀었다가를 반복했다.

그럴 때마다 폭탄이 떨어졌다가 멈추기를 반복했다.

전에는 한 번에 쏟아붓고 갔다면 지금은 적들이 몰려 있다 싶은 곳 위주로 몇 발씩 던지는 것이다.

덜컥! 덜컥!

세 발 정도 폭탄을 투하한 김호철이 레버를 밀어 잠그고는 주위를 둘러보았다.

이제 어디다 폭격을 해야 하나 주위를 살피는 것이다.

그런데…….

화아악!

순간 김호철과 와이번이 강하게 땅으로 끌려가기 시작했다.

"허억!"

갑자기 자신의 몸을 잡아당기는 힘에 김호철이 놀라 땅을 내려다보았다. 땅이 멀어 밑에 보이는 것은 바글바글한 사람 떼밖에 없었다.

하지만 어쨌든 지금 중요한 것은 자신과 와이번이 땅으로 끌려가고 있다는 것이었다.

그에 김호철이 숨을 강하게 들이마시고는 기합을 질렀다.

"하앗!"

화아아악!

김호철의 몸에서 검은 마나가 강하게 뿜어져 나갔다.

하지만 여전히 김호철의 몸은 땅으로 끌려가고 있었다.

마나로 막히지 않는 힘에 김호철이 눈을 찡그렸다.

'마법 지랄 맞네.'

마법에 의해 땅으로 떨어지던 김호철이 와이번을 바라보았다.

지금 상황에서 좋은 점과 안 좋은 점이 있다.

좋은 점은 더 이상 대공 공격이 없을 것 같아 호위 능력자들을 두고 왔다는 것이다. 자기 말고는 걱정하거나 챙겨야 할 이가 없다는 것이다.

안 좋은 점은 와이번과 같이 떨어지고 있는 컨테이너에 아직 폭탄이 반은 남아 있고, 그 폭탄을 실은 컨테이너가 지금 자신과 함께 떨어지고 있다는 것이다.

'이러다가는 내 머리 위에서 터지겠는데.'

그에 김호철이 힐끗 땅을 바라보았다.

점점 더 가까워지는 땅……

"썩을!"

욕설과 함께 컨테이너를 든 와이번의 몸이 검은 연기가 되어 김호철에게 빨려 들어왔다.

그리고 그와 함께 김호철의 날개에서 강하게 뇌전이 뿜어
졌다.

파지직! 파지직!

김호철의 몸이 빠르게 땅으로 쏘아져 가기 시작했다.

'빠르게 더 빠르게!'

화아악! 화아악!

김호철이 정신을 집중하자 뇌전의 날개가 더욱 검게 변하
며 그 속도가 미친 듯이 빨라지기 시작했다.

우르릉! 우르릉!

요란한 바람 소리에 입술을 깨문 김호철이 힐끗 하늘을 바
라보았다.

자신의 뒤를 쫓아 빠르게 떨어지는 컨테이너…….

그리고 좌우로 흔들리는 덕에 컨테이너 안에 묶여 있던 폭
탄들이 하나둘씩 튕기며 같이 떨어지고 있었다.

김호철이 밑을 바라보았다. 이제 점점 더 가까워지는 사람
들의 모습과 함께 몸에 타격이 들어왔다.

파파파팟!

밑에서 떨어지는 김호철을 향해 총을 쏘아대고 있는 것
이다.

"새끼들아, 아프다."

작게 욕설을 뱉은 김호철이 창을 강하게 움켜쥐었다. 그러

고는 창을 컨테이너를 향해 강하게 집어 던졌다.

파피지직!

뇌전이 되어 쏘아진 창이 그대로 컨테이너를 뚫었다.

그리고……

콰콰콰쾅!

컨테이너 안에 있던 폭탄과 그 안에 붙어 있던 C4가 동시에 터지자 거대한 충격파가 주위로 퍼져 나가기 시작했다.

화아악!

그와 함께 컨테이너 밖으로 튕겨 나갔던 폭탄들도 연속으로 터져 나가기 시작했다.

콰콰쾅!

눈으로 보일 정도로 빠르게 다가오는 충격파에 김호철이 숨을 강하게 들이마시며 마나를 뿜어냈다.

화아악!

우르릉! 우르릉!

김호철의 몸에 충격파가 부딪혀 왔다.

"크으윽!"

자신의 온몸을 덮어오는 충격파에 김호철이 신음을 흘리며 마나를 더 강하게 뿜어냈다.

파지직! 파지직!

그와 함께 김호철의 주위로 검은 뇌전의 구가 형성이 되었다. 자신을 지키기 위해 그의 주위를 마나로 감싸 버린 것이다.

"크으윽!"

신음을 흘리며 마나를 방출하던 김호철의 몸이 충격파를 뚫고 빠르게 땅으로 떨어졌다.

그리고…….

화아악!

순간 검은 기운이 뿜어지더니 김호철 밑에 칼이 모습을 드러냈다.

모습을 드러낸 칼이 김호철의 등에 다리를 붙였다.

'칼?'

갑자기 나타나 자신의 등에 발을 대는 칼의 행동에 김호철이 의아해할 때 그의 몸이 회전을 했다.

김호철의 의지가 아닌 다니엘의 움직임.

탓!

그리고 김호철의 발이 칼의 발과 맞닿았다.

그 상태와 함께 김호철의 눈에 땅이 보였다.

"다니엘 폰 디스!"

다니엘이 자신의 이름을 강하게 외치자 칼이 소리쳤다.

"칼 폰 루이스!"

외침과 함께 칼이 다리를 강하게 밀었다.

휘이익!

칼의 다리가 끝까지 펴질 때 다니엘이 마주한 그의 발을 밀며 뛰어올랐다.

파앗!

쾅!

그와 함께 칼의 몸이 땅에 처박히며 산산이 조각이 나 흩어졌다.

화아악! 화아악!

산산이 조각이 나 흩어진 칼의 몸이 검은 마나가 되어 김호철에게 날아들었다.

칼의 희생으로 떨어지는 속도를 줄인 김호철이지만 그 역시 멀쩡한 것은 아니었다.

"크으윽!"

칼의 발을 박차며 뛰는 순간 다리와 허리에서 지독한 고통을 느낀 것이다.

그리고 그 통증이 채 가시기도 전에 김호철의 몸이 땅에 떨어졌다.

우당탕탕!

땅에 사정없이 처박힌 김호철이 입술을 깨물었다.

온몸이 산산조각 난 것 같은 고통이 느껴졌다.

"허억!"

너무 지독한 고통에 헛바람을 집어삼키는 김호철의 몸에서 검은 기운이 뿜어지며 칼이 모습을 드러냈다.

화아악!

모습을 드러내는 것과 함께 해머를 만들어 쥐는 칼이 주위를 날카롭게 노려보았다.

그런 칼의 등장과 함께 주위에 있던 적군들이 무기를 쥐고 그들에게 다가오기 시작했다.

적들이 다가오는 모습에 김호철이 몸을 일으키려 했다.

아니, 정확히는 적진에서 퍼질러 있을 수 없는 다니엘이 몸을 일으켜 전투준비를 하려 했다.

하지만…….

"크아아악!"

김호철의 입에서 처절한 비명이 터져 나왔다.

몸에 힘을 주는 순간 허리와 온몸에서 지독한 고통이 퍼져 나간 것이다.

그에 다니엘이 급히 몸을 멈췄다.

"다니엘 폰 디스!"

다니엘의 외침에 칼 역시 자신의 이름을 크게 외쳤다.

"칼 폰 루이스!"

두 데스 나이트의 외침에 김호철이 입술을 깨물었다.

그 두 데스 나이트가 왜 이러는지는 확실하다.

'정신 차리라는 거겠지.'

지금 이곳은 적진 한복판이다. 게다가 사방에서는 적들이 돌격해 오고 있었다.

이런 곳에서 정신 잃고 누워 있을 수만은 없다.

하지만…….

'아프다고!'

속으로 욕설을 뱉은 김호철이 정신을 집중했다.

"다 나와!"

김호철의 곁으로 몬스터들이 모습을 드러냈다.

거대한 모습을 한 오거와 와이번, 그리고 웨어 라이온들이 김호철 주위를 감쌌다.

"크아앙!"

"으아앙!"

모습을 드러낸 몬스터들이 괴성을 질렀다. 그 모습에 달려오던 적군들이 급히 멈췄다.

"와…… 이번."

"오거다."

"오거가 나타났다!"

적군들이 놀라 뒤로 주춤거리며 물러났다.

아르카디안의 병사라고 해서 지구 병사보다 더 강한 것은 아니다. 마나를 다루는 능력이 없다면 지구 병사들과 그다지

다를 바가 없다. 그러니 일반 병사들로서는 오거를 보는 순간 두려움에 질릴 수밖에 없었다.

하지만 그것도 잠시 병사들 사이에서 기사들이 튀어나왔다.

"쳐라!"

외침과 함께 기사들이 몬스터들을 향해 달려들었고, 병사들이 창과 활을 들고 그 뒤를 따랐다.

지구 무기들이 아르카디안으로 흘러들어 왔다지만, 모든 병사를 총으로 무장시킬 수는 없었던 것이다.

"크아앙!"

"칼 폰 루이스!"

"크악! 살려줘!"

몬스터들의 외침과 사람들의 비명성이 혼란스럽게 들려오는 와중에 김호철은 부상 회복에 집중을 했다.

"흡! 후! 흡! 후!"

회복이라고 해도 숨을 크게 들이마시고 내뱉으며 최대한 마나를 흡수하는 것이지만 말이다.

어쨌든 마나를 흡수하는 대로 김호철은 통증이 느껴지는 곳으로 주입을 했다.

화아악! 화아악!

마나를 주입하자 통증이 빠르게 줄어들었다.

하지만 김호철은 마나 주입에만 신경을 집중할 수는 없었다.

그가 소환한 몬스터들이 죽어 흡수되고 있었다.

흡수돼 들어올 때마다 김호철은 바로 다시 소환을 했다.

파지직! 파지직!

암 속성보다는 뇌전 속성이 적을 상대하는 데 더 좋겠다는 생각에 몬스터들에게 뇌 속성을 입히고 소환을 하던 김호철의 주위로 요란한 폭음이 들려왔다.

쾅! 쾅! 쾅!

"으악!"

"크악!"

적진에서 연신 터지는 폭발음에 김호철이 고개를 들었다.

그러자 그의 눈에 하늘에서 다이너마이트를 던지는 그리폰 나이트들이 보였다.

밑에서 쏟아지는 총에 가까이 오지는 못하고 하늘에서 다이너마이트를 던지며 지원하는 그리폰 나이트들을 보며 김호철이 다시 회복에 집중을 했다.

화아악! 화아악!

몸에서 검은 마나를 연신 흘리며 회복하던 김호철의 눈에 칼을 포위해 싸우고 있는 기사들이 보였다.

그리고 김호철의 얼굴에 의아함이 어렸다.

'저 기사들 복장과 무기가?'

칼을 공격하고 있는 기사들의 갑옷과 창이 다니엘이 사용하고 착용하는 것과 판박이였다.

다니엘의 갑옷의 특징인 어깨 부분의 창 장식까지도.

"너와 관련 있는 기사들이냐?"

김호철의 물음에 다니엘의 고개가 끄덕여졌다.

"살리고 싶냐?"

김호철의 물음에 다니엘의 고개가 천천히 위아래로 움직였다.

그 모습에 김호철이 숨을 골랐다.

그리고 몸에 힘을 주며 일어나는 김호철의 얼굴이 일그러졌다.

"크응!"

저절로 입에서 신음이 흘러나오고 몸이 덜덜 떨려왔다. 마나 회복에 집중한 덕에 그나마 움직이기는 했지만 여전히 통증은 지독했던 것이다.

잠시 굳은 얼굴로 숨을 고른 김호철이 칼을 향해 손을 내밀었다.

화아악!

순간 기사들과 싸우던 칼의 몸이 검은 연기가 되어 김호철에게 흡수되었다.

화아악!

칼을 흡수하는 것과 동시에 김호철의 몸에서 다니엘이 빠져나왔다.

화아악! 철컥! 철컥!

칼과 합체한 김호철이 다니엘의 어깨에 손을 올렸다.

화아악! 화아악!

김호철의 몸에서 뿜어진 마나에 다니엘의 몸이 칠흑처럼 검어지기 시작했다.

"죽이든 살리든 네 마음대로 해."

김호철의 말에 다니엘이 창을 허공에 한 번 휘두르고는 창을 들고 있는 기사들을 향해 땅을 박찼다.

파앗!

그 모습을 보던 김호철이 주위를 둘러보았다.

사방에서는 그리폰 나이트들이 던지는 다이너마이트로 인한 폭발과 폭음이 정신없이 울렸다.

그리고 그런 폭발과 폭음 속에서 병사들과 기사들이 자신의 몬스터들을 상대로 싸우고 있었다.

그들을 상대로 상당히 잘 싸우는 자신의 몬스터들을 보며 고개를 끄덕인 김호철이 다시 숨을 골랐다.

'일단은 회복부터.'

스윽!

자신들을 향해 다가오는 데스 나이트의 모습에 창을 든 기사들이 움찔하며 뒤로 슬금슬금 물러났다. 다가오는 데스 나이트의 모습에서 자신들의 모습을 본 것이다.

화려한 망토를 등 뒤에 늘어뜨리고 있던 기사가 앞으로 나섰다.

"물러서지 마라! 저건 몬스터일 뿐이다! 또한 우리가 쉬게 해줘야 할 선배님이다. 로즈 기사단! 거창!"

기사의 외침에 로즈 기사단이라 불린 창을 든 이들이 앞으로 나서며 거창 자세를 취했다.

그 모습을 본 다니엘이 창을 수평으로 만들어서는 앞으로 내밀었다.

창을 한 손으로 잡고 다른 한 손으로 허리를 짚는 다니엘의 모습에 로즈 기사단의 얼굴에 의아함이 어렸다.

"저거 훈련 자세잖아?"

"데스 나이트가?"

지금 다니엘이 취한 자세는 로즈 기사단의 기본 훈련 자세였다.

한 손으로 창을 잡고 몸의 균형을 유지하는…… 쉬워 보이는 자세였지만 시간이 오래되면 팔이 떨어질 것 같고 허리가 나갈 것같이 힘든…….

데스 나이트가 왜 훈련 자세를 취하는 것인지 의문을 품던 로즈 기사단들을 향해 다니엘이 입을 열었다.

"다니엘 폰 디스."

다니엘의 중얼거림, 그리고 그 이름을 들은 로즈 기사단들의 얼굴이 일그러졌다.

"선혈의 로즈?"

"그럴…… 리가?"

선혈의 로즈 다니엘 폰 디스…….

자신이 충성을 맹세한 왕자를 위해 로얄 나이트 전체와 일기토를 벌여 승리했고 그 싸움으로 흘린 피로 갑옷이 붉게 물들어 선혈의 로즈라는 명성을 얻은 자.

왕이 된 왕자를 위해 붉은 꽃이 되어 떨어진 로즈 기사단의 자존심.

그런 선혈의 로즈가 지금 로즈 기사단의 앞에 있는 것이다.

다니엘의 정체에 로즈 기사단이 당황스러워할 때 화려한 망토를 걸친 기사가 그에게 다가갔다.

"로즈 기사단 13대 단장 순백의 로즈 아르소. 다니엘……아니, 데스 나이트 너와 승부를 가르겠다."

자기도 모르게 높임말을 사용할 뻔했던 아르소는 급히 다니엘을 데스 나이트로 지칭했다.

다니엘, 그 이름을 듣는 순간 가슴이 뛴 것은 아르소도 마찬가지다.

로즈 나이트로서 입단하면 항상 듣는 것이 다니엘 폰 디스의 이름이다.

압도적인 강함으로 왕국 제일의 기사단 로얄 나이트를 모두 제압했고, 왕국을 위해 붉은 꽃이 되어 떨어진 다니엘.

자신이 다니엘이 되는 꿈도 꿨었다.

하지만…….

지금은 적이다. 몬스터다. 다니엘의 이름을 동경하는 부하들의 동요를 막아야 했다.

그리고 그 동요를 막기 위한 가장 빠른 방법은…….

'쓰러뜨린다.'

화아악!

아르소의 창에서 붉은 마나의 기운이 강하게 맺히기 시작했다.

화아악! 화아악!

점점 더 짙어지는 붉은 마나의 기운이 창신에 강하게 맺혀 나갔다.

그리고…….

화아악!

다니엘 역시 아르소와 같은 자세를 취하고는 창신에 마나를 몰아넣기 시작했다.

화아악! 화아악!

다니엘의 창신에도 강하게 검은 마나의 기운이 맺히기 시
작했다.

그 모습에 아르소의 얼굴이 굳어졌다.

'설마? 장미 휘날리다?'

자신과 같은 자세의 다니엘의 모습에 아르소가 당황과 의
문을 가질 때, 아르소의 창신에서 붉은 기운들이 휘날리기
시작했다.

화아악! 화아악!

마치 붉은 꽃잎들이 휘날리는 것처럼 보이는 화려함.

바로 로즈 기사단 최고의 기술 '장미 휘날리다'.

휘날리는 붉은 기운 하나하나가 바위를 뚫고 철을 가르는
위력을 가지고 있었다.

그런 붉은 기운 24개를 만들어낸 아르소가 다니엘을 바라
보았다.

그리고…… 아르소의 얼굴이 굳어졌다.

'장미 꽃잎이…….'

그의 시선에 닿은 다니엘의 주위로 셀 수 없이 많은 검은
기운이 휘날리고 있었다.

화아악!

김호철은 자신의 몸에서 쫘악 빠져나가는 마나에 순간 정

신을 잃을 뻔했다.

'다니엘?'

다니엘이 자신의 마나를 빨아가고 있음을 안 김호철이 급히 고개를 돌렸다.

다니엘의 주위에 떠 있는 검은 꽃잎 같은 것을 본 김호철이 웃었다.

"칼, 저게 다니엘의 필살기인가 보다."

"칼 폰 루이스."

자신의 말에 이름으로 답을 하는 칼을 느끼며 김호철이 숨을 크게 들이마셨다.

"그래, 마음껏 가져가 봐."

김호철의 중얼거림과 함께 다니엘을 향해 흘러가는 마나의 힘이 더욱 커지기 시작했다.

화아악! 화아악!

화아악!

아르소의 얼굴이 일그러졌다.

순간 다니엘의 주위에 있던 꽃잎들이 분열을 하기 시작한 것이다.

화아악! 화아악!

하나가 두 개가 되고, 두 개가 네 개가 되었다.

그리고 순식간에 다니엘의 주위를 모두 감싸 버리는 검은 꽃잎들…….

아르소의 기억 속의 한 그림이 떠올랐다. 장미 기사단 단장실 한쪽 벽에 걸려 있는…….

수십 명의 기사 사이에서 자신의 피로 붉게 물든 갑옷을 입은 기사.

붉은 창과 함께 기사의 주위를 수놓고 있는 붉은 장미.

그림 속 기사는 붉고 눈앞의 기사는 검다.

그림 속 장미는 붉고, 눈앞의 장미는 검다.

하지만 그림 속과 눈앞의 기사 둘에게서는 공통점이 있었다.

바로…….

절대적인 강함.

그리고 위대한 선혈의 로즈, 다니엘 폰 디스라는 것.

"꿀꺽!"

자기도 모르게 침을 삼킨 아르소가 창을 강하게 움켜쥐었다.

화아악!

그리고 아르소의 몸이 다니엘을 향해 뛰쳐나갔다.

파앗!

아르소가 달려오는 것과 함께 다니엘의 신형도 그를 향해 뛰어나갔다.

쾅! 콰콰콰쾅!

마나를 흡수하는 데 집중하며 김호철은 다니엘과 한 기사의 싸움을 지켜보고 있었다.

다니엘과 싸우는 기사는 강했다.

붉은 장미 같은 기운이 땅에 떨어질 때마다 일대가 흔들릴 정도로 폭발과 폭음이 들려왔으니 말이다.

하지만 다니엘은 더 강했다.

그리고 다니엘의 창이 움직일 때마다 기사의 붉은 장미가 튕겨지고 흩어져 나갔다.

'다니엘도 엄청 강하구나.'

게다가 지금 다니엘의 기술도 마음에 들었다.

칼의 대륙 부수기처럼 범위 공격이 아니라서 자신이 타격하고 싶은 놈만 때릴 수 있으니 말이다.

'범위 공격에는 칼의 대륙 부수기, 일대일로 할 때는 다니엘의 저걸로 싸우면 되겠어.'

속으로 중얼거린 김호철이 천천히 몸에 힘을 주었다.

그러자 몸이 움직이기 시작했다. 근육통과 같은 통증이 몸에서 느껴지기는 했지만 못 움직일 정도는 아니었다.

그에 김호철이 안도의 한숨을 쉬고는 손을 내밀었다.

화아악!

허공에 나타난 해머를 잡은 김호철이 힐끗 다니엘 쪽을 보았다.

일대일로 싸우던 다니엘은 어느새 수십 명의 기사와 난전을 벌이고 있었다.

'흠…… 뭔 일인지 몰라도 자기가 쓰러뜨리려는 건가?'

잠시 다니엘이 싸우는 것을 보던 김호철의 머리가 뒤로 젖혀졌다.

팟!

고개를 뒤로 젖혔던 김호철이 앞을 바라보았다.

그리고 저 멀리서 자신을 향해 총구를 겨누고 있는 병사가 보였다.

자신과 시선이 마주치자 놀라 굳어 있는 병사를 보던 김호철이 한숨을 쉬고는 가볍게 손을 저었다.

"가, 가."

김호철의 손짓에 병사가 주춤거리며 뒤로 물러났다.

하지만 그것도 잠시. 다른 병사들이 화살을 쏘기 시작하자 병사가 총을 들었다.

"쯥!"

날아오는 화살들을 향해 해머를 휘두르며 튕겨낸 김호철이 병사들을 바라보았다.

"그래……. 적과 아……. 지금은 그것만 생각하자. 내가 망설이면 나와 같이 싸우는 이들 중 한 사람이 더 죽는다. 으득!"

입술을 깨문 김호철이 병사들 사이로 뛰어들었다.

"얘들아, 가자!"

김호철의 외침에 그를 중심으로 퍼져 있던 몬스터들이 그 뒤를 따라 병사들 사이로 뛰어들어 갔다.

그와 함께 김호철을 포위하고 있던 병사들이 흩어지기 시작했다.

10장
가족과 함께

부우웅! 부웅!

군용 트럭 특유의 거친 엔진 소리와 요란한 기관총 소리가 들려왔다.

타타타탕! 타타탕!

연신 쏘아지는 기관총에 김호철과 몬스터들을 피해 도망을 치던 병사들이 쓰러지기 시작했다.

"크아악!"

"으악!"

비명을 지르며 쓰러지는 병사들의 모습에 김호철이 그 자리에 멈추고 총성이 들리는 곳을 바라보았다.

적들 사이로 군용 트럭들이 요란하게 달려오는 것이 보였다. 그리고 군용 트럭 위에 탄 병사들이 사방으로 총을 쏘고 있는 것도······.

김호철이 고개를 돌려 다니엘이 있는 곳을 바라보았다.

다니엘은 이미 기사들을 모두 쓰러뜨리고 그 중심에 서 있었다. 쓰러진 기사들이 신음을 흘리며 꿈틀거리는 것을 보니 죽이지는 않고 제압만 한 모양이었다.

군 트럭들이 그쪽으로 향하는 것을 본 김호철이 재빨리 다니엘에게 다가가 와이번을 소환했다.

화아악!

와이번이 소환되자 김호철이 다니엘을 향해 고개를 돌렸다.

"이 녀석들 여기 그대로 있으면 죽어. 와이번 위에 태우자."

김호철의 말에 다니엘이 고개를 끄덕이고는 기사들을 와이번 위로 들고 뛰었다. 김호철이 다른 몬스터들에게도 기사들을 들게 해서는 와이번 위로 올라탔다.

모든 기사를 태운 김호철이 와이번을 솟구쳤다.

펄럭! 펄럭!

와이번이 날아오르자 그를 향해 총과 화살들이 날아들었다.

하지만 그것도 잠시였다. 와이번을 향해 총과 화살을 쏘는 곳으로 아군의 총격이 집중된 것이다.

아군들의 공격으로 적군의 공격을 피한 김호철이 힐끗 와이번 등에 쓰러져 있는 기사들을 바라보았다.

그들을 보던 김호철이 다니엘을 바라보았다.

"네 후손쯤 되는 건가?"

김호철의 물음에 다니엘이 고개를 끄덕였다.

그것을 보던 김호철이 잠시 생각하다가 아군 진영이 아닌 다른 곳으로 와이번을 몰아가기 시작했다.

그 모습에 상공에서 날던 그리폰 나이트 헬레나가 다가왔다.

"아군 진영으로 가지 않고 뭐하는 거예요!"

헬레나의 외침에 김호철이 그녀를 힐끗 보고는 말했다.

"손님들이 있어서 다른 곳에 내려주고 가야 할 것 같습니다."

김호철의 말에 헬레나가 와이번 등에 탄 기사들을 보았다.

그리고 그녀의 얼굴에 놀람이 어렸다.

"로즈 기사단?"

"아는 기사들입니까?"

김호철의 물음에 헬레나가 잔뜩 흥분한 얼굴로 소리쳤다.

"꽃의 나라 펜시아의 제1기사단이에요. 이들을 모두 제압하다니 대단해요! 이들을 포로로 삼으면 펜시아를 전장에서 이탈시킬 수 있을 거예요."

"그렇게 대단한 기사들입니까?"

"로즈 기사단은 펜시아의 자랑이고 백성들이 가장 사랑하는 기사단이에요."

말을 하던 헬레나가 점점 전장에서 멀어지는 와이번의 모습에 김호철을 바라보았다.

"중요한 포로들을 대체 어디로 데려가는 거예요?"

"전장에서 떨어진 곳에 풀어줄 겁니다."

김호철의 말에 헬레나가 놀라 그를 바라보았다.

"풀어준다?"

"그렇습니다."

"아니, 그게 무슨 말도 안 되는! 이들이 있으면 적국 하나의 전력을 묶을 수가 있어요. 게다가 저들이 알고 있는 전략과 전술까지 지금 당장 방향을……."

"거참…… 시끄럽네."

헬레나를 쏘아본 김호철이 이어 말했다.

"그럼 힘으로 막아보시든가?"

화아악!

김호철이 해머를 만들어 가리키는 것에 헬레나가 입술을 깨물었다.

마음 같아서는 당장 공격을 하고 싶었다.

하지만…….

'이자…… 너무 강하다.'

자신이 달려든다고 해서 그를 막을 수 없다. 입술을 깨문 채 김호철을 보던 헬레나가 입을 열었다.

"위에 정식으로 보고를 하겠어요."

"그러든지."

귀찮다는 듯 손을 휘젓는 김호철을 보던 헬레나가 그리폰의 머리를 돌려 아군 진영으로 날아가기 시작했다.

헬레나가 가든 말든 신경을 쓰지 않고 김호철은 전장을 이탈해 산 위에 와이번을 착륙시켰다.

펄럭! 펄럭!

가볍게 산 위에 내려서는 와이번 등에서 기사들을 내려놓은 김호철이 다니엘을 바라보았다.

다니엘은 가만히 서서 로즈 기사단을 보고 있었다.

그런 다니엘을 본 김호철이 쓰러져 있는 기사들을 보다가 그중 가장 화려하면서도 다 찢어진 망토를 걸친 자에게 다가갔다.

정신을 잃고 쓰러져 있는 기사에게 다가가자 주위에 있던 자들이 꿈틀거리며 그를 막으려 했다.

"죽이려는 것 아니니까. 걱정들 하지 말고……."

말과 함께 김호철이 허리띠를 풀어서는 그 안에서 구급상자를 꺼냈다.

기사들 중 자신에게 기어오려던 자에게 다가갔다.

"길 힘 있으면 사람들 치료나 해."

말과 함께 김호철이 정신을 집중했다.

"마나 고정."

화아악! 화아악!

정신을 집중하고 마나를 고정시키자 희미하지만 마나의 결정이 생기기 시작했다.

하지만 마물의 산맥에 비하면 생성 속도는 느렸고, 그 수도 적었다.

'같은 아르카디안이라도 마물의 산맥이 더 마나 농도가 짙은 모양이네.'

작게 중얼거린 김호철이 마나 결정들을 기사의 몸으로 밀어 넣었다.

화아악! 화아악!

마나 결정들이 흡수되는 것에 따라 기사의 얼굴에 화색이 돌았다.

그리고…….

파앗!

기사가 주먹으로 김호철의 얼굴을 후려쳤다.

타앗!

하지만 기사의 주먹은 김호철, 아니, 정확히는 칼의 손에 막혔다.

우두둑!

"크아악!"

칼의 손에 팔이 비틀리는 기사를 보며 김호철이 고개를 저었다.

그러고는 손을 놓아주었다.

"너희들을 죽일 생각이었고, 해를 끼칠 생각이었으면 와이번 타고 올 때 하늘 위에서 떨어뜨려도 됐다. 아니, 와이번에 태우고 여기 오지도 않았다. 그러니…… 사람들 치료부터 해."

구급상자를 기사의 손에 들려준 김호철이 말했다.

"빨간 약은 외상에 바르고 붕대는…… 아프면 감아줘."

대충 약에 대해 설명을 한 김호철이 망토를 입은 자를 바라보았다.

망토를 입은 자는 여전히 의식이 없었다.

그런 망토를 입은 자에게 마나 고정으로 마나를 주입을 하자 그가 곧 눈을 뜨기 시작했다.

"끄으윽!"

신음을 흘리며 눈을 뜨는 기사를 보던 김호철이 마나 고정을 멈췄다.

그러고는 다니엘을 향해 고개를 돌렸다.

"이리 와."

다니엘이 다가오자 김호철이 기사를 바라보았다.

기사는 어느새 주위를 살피며 상황을 살피고 있었다.

그런 기사를 보며 김호철이 말했다.

"다니엘이 너희를 살리고 싶다고 해서 살렸다."

"데스 나이트가?"

기사의 말에 김호철이 피식 웃으며 말했다.

"데스 나이트가 의사 표현하는 경우가 정말 없나 보네."

카인도 칼이 의사 표현하는 것을 보고 놀랐으니 말이다.

그러고는 김호철이 말했다.

"다니엘이 데스 나이트이기는 하지만 의사 표현도 하고 생전의 기억도 모두 가지고 있다. 뭐 할 줄 아는 말은 자기 이름뿐이기는 하지만……. 고갯짓으로 의사는 대충 나눌 수 있으니. 이야기 좀 나눠. 난 네 부하들 몸 좀 회복시킬 테니."

말과 함께 김호철이 쓰러져 있는 기사들에게 몸을 돌렸다.

김호철이 기사들에게 다가가자 다니엘이 아르소에게 다가갔다.

그런 다니엘의 모습에 아르소가 그를 보다가 말했다.

"이름을 외치는 것을 보고 이상하다 생각을 하기는 했는데……. 정말 생전의 기억을 가지고 계십니까?"

아르소의 물음에 다니엘이 고개를 끄덕였다.

"다니엘 폰 디스."

다니엘이 이름을 말하는 것을 보던 아르소가 입을 열었다.

"그럼 문자는 쓰실 수 있으십니까?"

아르소의 말에 김호철이 놀라 뒤를 돌아보았다.

"문자?"

이때까지 그런 생각을 해본 적이 없다.

데스 나이트들이 의사 표현을 할 수 있다는 것만 생각을 했지 그들이 글을 쓸 수 있을 것이란 생각을 말이다.

화아악!

다니엘이 아르소의 앞에 앉아서는 손가락으로 땅에 뭔가를 쓰기 시작했다.

그것에 김호철이 호기심이 어린 눈으로 다니엘이 쓰는 것을 바라보았다.

하지만…….

'쯥! 이게 글이야 그림이야?'

뭔가 화려한 듯한 문자를 다니엘이 쓰고 있는데…… 역시 읽을 수는 없었다.

다니엘이 쓴 글을 읽은 아르소가 고개를 끄덕였다.

"다니엘 경께서 죽은 후 로이나 선왕께서는 무사히 왕궁을 탈출하셨습니다. 당시 다니엘 경께서 만들어주신 시간이 아니었다면 선왕께서는 탈출하지 못하셨을 것입니다."

아마도 다니엘이 쓴 글은 자신이 죽고 난 후 그가 모시던 국왕의 안위에 대한 것이었나 보다.

그리고 다니엘이 쓴 글에 다니엘이 이야기를 해나가기 시작했다.

그것을 보던 김호철이 몸을 돌렸다. 그리고 기사들에게 마나 고정을 하며 회복을 돕던 김호철이 말했다.

"칼, 너도 글로 대화 가능해?"

끄덕!

고개를 끄덕이는 칼에 김호철이 그와의 합체를 풀었다.

화아악!

그 뒤 칼을 다시 소환한 김호철이 구급상자를 들고 다니는 기사를 불렀다.

"사람들 회복은 내가 해도 될 것 같습니다. 아! 그리고 혹시라도 나를 공격하려는 기사분들은 그쪽이 제지해 주세요, 동료들 죽이고 싶지 않으면."

김호철의 말에 기사가 그를 굳은 얼굴로 보다가 고개를 끄덕였다.

그에 김호철이 칼을 가리켰다.

"여기서 나름 유명한 기사였으니 이름 정도는 들어봤을 겁니다. 칼 폰 루이스라고."

김호철의 말에 기사가 놀란 눈으로 칼을 바라보았다.

"대지의 기사?"

"아는군요. 칼이 몇 가지 궁금해할 것이 있을 테니 답 좀 해주십시오."

그러고는 김호철이 칼을 바라보았다.

"네가 없는 사이 생긴 일 중에 궁금한 것 있으면 이 사람한테 물어봐."

김호철의 말에 칼이 고개를 끄덕이고는 기사를 보다가 땅에 글을 써 내려갔다.

그 모습에 기사가 칼을 보다가 답했다.

"칼 경께서 죽은 후……."

자신이 죽고 난 후 그가 지키던 나라와 국왕에 대한 것을 물었는지 기사는 그에 대한 것을 말을 해주었다.

그리고 그 이야기를 옆에서 듣는 김호철은 한숨을 쉬었다.

'나라는 망하고…… 국왕은 유배돼 죽었다라……. 다니엘의 국왕은 탈출이라도 하고 나라를 다시 재건이라도 했는데. 칼은 좀 안쓰럽네.'

속으로 한숨을 쉰 김호철이 기사들의 회복을 돕는 데 집중을 했다.

기사들이 어느 정도 움직일 수 있을 만큼 회복을 시킨 김호철이 힐끗 전장이 있는 곳을 바라보았다.

멀어서 보이지는 않았지만 은은하게 포성들이 들려오는 것을 보면 아직도 전투는 한창인 모양이었다.

잠시 포성이 들리는 곳을 본 김호철은 다니엘 쪽을 바라보았다.

다니엘은 기사와 필담으로 이야기를 나누고 있었다.

그에 김호철이 잠시 생각을 하다가 다니엘에게 다가갔다.

"언제까지 여기 있을 수는 없어."

김호철의 말에 다니엘이 자신이 쓰던 글을 잠시 보다가 손바닥으로 지웠다.

그 모습을 보던 김호철이 아르소를 바라보았다.

"당신들을 살린 것은 다니엘이 원해서였습니다. 하지만 다음번에 전장에서 다시 만나게 된다면 그때는 어쩔 수 없습니다."

김호철의 말에 아르소가 그를 보다가 몸을 일으켰다.

"다니엘 경께서 본국이 이 싸움에서 물러나야 한다 하셨습니다."

"그래서 물러날 생각입니까?"

김호철의 물음에 아르소가 다니엘을 잠시 보다가 말했다.

"국왕 전하께 다니엘 경께서 한 말씀을 전하고 그에 대한 하명을 받겠습니다."

"국왕이 싸우자면?"

"뜻을 따를 뿐……."

그런 아르소의 말에 김호철이 그를 보다가 마음대로 하라는 듯 손을 흔들었다.

"그거야 그쪽이 알아서 할 일이고……. 어쨌든 알아서 잘 가십시오."

파지직!

말과 함께 김호철이 땅을 박차 와이번의 위로 올라탔다.

그러고는 다니엘을 향해 손을 내밀었다.

화아악!

다니엘이 검은 연기가 되어 돌아와 옆에 다시 소환돼 나타나자 김호철이 기사들을 한 번 보고는 와이번을 솟구쳤다.

펄럭! 펄럭!

와이번이 솟구치자 아르소가 가슴에 팔을 올리고는 고개를 숙였다.

그 모습에 다른 기사들도 군례를 올렸다. 물론 그 군례의 대상은 김호철이 아닌 다니엘이었다.

로즈 기사단을 풀어주고 난 후 김호철은 카인이 있는 진영으로 돌아왔다.

로즈 기사단을 풀어준 것을 가지고 한 소리 들을 것이라 생각했던 것과 달리 카인은 별다른 말을 하지 않고 폭격을 부탁할 뿐이었다.

그에 김호철은 컨테이너를 싣고 적진과 본진을 왔다 갔다 하며 폭격을 계속했다.

이미 적진은 김호철의 폭격과 군 트럭을 앞세운 아군 기사단의 돌입으로 아수라장이었다.

진형은 뭉개지고 아군 진영에서 쏘아대는 포격을 피해 뒤로 연신 물러나는 형세…….

거기에 다시 김호철의 폭격이 적진 뒤에 쏟아지기 시작하자 전세는 빠르게 아군 쪽으로 기울기 시작했다.

적군 사망자 4만.

아군 사망자 3만 5천.

적군 포로 11만.

포격과 폭격으로 분열된 적들은 결사 항전보다는 항복을 선택했다.

그 후 몇 번의 더 전투가 있었지만 그 전투 역시 아군의 화력과 김호철이라는 폭격기에 의해 승리를 하였다.

그리고…….

커다랗고 화려한 천막을 김호철이 보고 있었다.

천막을 보던 김호철이 힐끗 주위를 둘러보았다.

주위에는 김호철 외에도 200명 정도에 달하는 기사와 병사가 있었다.

오늘 6개국과 3개국, 그리고 지구에서 온 군 사령관들이 정전 협상을 하게 되었다. 그래서 6개국과 3개국은 책임자와 그들을 호위할 소수의 기사만을 대동하고 중립 지역에서 모인 것이다.

뚜벅! 뚜벅!

김호철이 천막을 보고 있을 때 기사 둘이 다가왔다.

중년의 기사 둘이 다가오는 것에 김호철과 그 주위에 있던 이들이 그들을 경계했다.

무기를 뽑지는 않았지만 다가오는 자들을 경계하는 기사들의 모습에 김호철이 살짝 손을 들어 보였다. 그러고는 다가온 기사 둘을 향해 걸어갔다.

기사 둘을 향해 다가간 이유는 단 하나…….

기사가 입고 있는 갑옷의 어깨에 있는 늑대 조각 때문이었다.

바로 칼의 갑옷과 같은 형태…….

김호철이 다가오자 기사들이 그를 보다가 말했다.

"당신이 지구에서 온 김호철인가?"

"본론만 하지, 칼."

화아악!

김호철의 부름에 검은 기운이 뿜어지며 칼이 모습을 드러냈다.

그리고 그런 칼을 본 기사들의 얼굴이 굳어졌다.

"칼 경이십니까?"

기사들의 말에 칼이 고개를 끄덕였다.

"칼 폰…… 루이스."

기사들을 보며 조금은 떨리는 음성으로 답을 하는 칼을 보며 김호철이 말했다.

"애들은 네 후손?"

김호철의 물음에 칼이 고개를 끄덕였다.

"여기 오니 다 보기는 하네. 가서 이야기 좀 하고 와."

김호철의 말에 칼이 기사들을 보다가 한쪽으로 걸음을 옮겼다.

기사들을 데리고 걸어가는 칼을 보던 김호철이 천막 쪽을 바라보았다.

'이야기는 잘 진행되는 건가?'

그런 생각을 하던 김호철의 눈에 천막에서 정민이 나오는 것이 보였다.

정민이 나오자 김호철이 그에게 다가갔다.

"어떻게 됐어?"

"우리 쪽에게는 잘됐어요."

"그래?"

"상대 나라들한테는 내키지 않는 조건도 있겠지만 지금 우세한 건 우리 쪽이니까요."

"그래서 어떻게 됐는데."

김호철의 물음에 정민이 이야기를 해주었다.

1. 지구와 아르카디안의 문물 교환은 강철의 군대 진영에서만 이루어진다.

2. 지구에 진출한 아르카디안 국가들은 현지 국가에 소속 인원과 거점을 신고 후 운영한다.

3. 아르카디안에 존재하는 지구의 무기 중 총기를 제외한 폭파물과 폭탄은 전량 폐기한다.

4. 아르카디안과 지구는 서로 간에 도움이 되는 문명을 교류한다.

5. 아르카디안과 지구, 양 행성 간 범죄자는 서로 인도한다.

정민이 말한 것들에 김호철이 고개를 갸웃거렸다.

"무기 폐지를 모두 동의했어?"

"이건 지구 측에서 강력하게 요구하는 것이라 그들도 어쩔 수 없어요. 그리고……."

정민이 작게 속삭였다.

"사실 이 무기 항목은 나중에 일이 생기면 꼬투리 잡으려고 만든 거예요."

"그게 무슨 말이야?"

"지금이야 무기 폐지에 따르겠죠. 하지만 시간이 지나면? 분명 지구에서 몰래 무기를 밀수해 올 거예요. 무기라는 것은 누가 뭐래도 자국을 지키는 가장 큰 힘이니까요. 게다가 지구에서도 아르카디안에 무기를 팔아먹으려는 사람들이나 세력도 있을 테고……. 아르카디안으로 무기가 들어오는 것은 어쩔 수 없어요."

"흠…… 지켜지지 않을 약속이라 약속을 해놨다는 거네."

"그렇죠. 약속을 어기면 그에 대해 화를 낼 권리를 지구가 갖는 거니까요."

정민의 말에 고개를 끄덕인 김호철이 물었다.

"그럼 이제 다 끝난 거야?"

"전쟁 보상금 문제하고 영토 문제가 남았죠."

"전쟁 배상금과 영토?"

"어찌 되었건 이건 국가와 국가 간의 싸움이에요. 그리고 한쪽의 패했고, 한쪽은 이겼죠. 진 나라는 이긴 나라한테 전쟁 배상금을 주든가, 영토 일부를 뺏기는 거예요."

"복잡하네."

김호철의 말에 정민이 웃었다.

"아홉 나라가 전쟁을 벌였어요. 지구로 따지면 세계 3차 대전과 같은 격이에요. 그런 일이 어디 쉽게 마무리되겠어요?"

그러고는 정민이 천막 쪽을 보며 말했다.

"어쨌든 전쟁도 끝났고 일도 마무리됐네요."

"그나마 다행이다."

"형 역할이 컸죠. 형이 아니었으면 이 전쟁 더 길게 끌어야 했을 거예요."

정민의 말에 김호철은 별다른 말을 하지 않았다.

그도 알고 있다. 자신이 폭격기 역할로 적진의 주요 시설을 폭파했기에 아군이 전쟁을 수월하게 이끌었다는 것을 말이다.

하지만 그 말은 그만큼 김호철이 떨어뜨린 폭탄들에 희생된 사람이 많다는 의미였다.

'천? 이천? 아니면 만?'

자신이 죽였을 사람들을 생각하니 마음이 좋지는 않은 것이다.

잠시 한숨을 쉰 김호철이 하늘을 바라보았다.

지구와 그다지 다를 바가 없는 하늘을 가만히 보고 있자니

윤희와 혜원이가 보고 싶었다.

'그나저나 걱정들 하겠네.'

지구 시간으로 하루가 채 되기 전에 돌아가겠다 했는데 본의 아니게 이곳에서 보름 가까이 있게 된 것이다.

"집에 가자."

김호철의 말에 정민이 웃었다.

"윤희 누나 보고 싶은가 봐요."

"보고만 싶겠냐? 신혼에 이렇게 떨어져 있는데."

"야해."

정민의 말에 김호철이 피식 웃었다.

김호철과 정민은 9개국 정전 협상이 끝난 직후 바로 지구로 돌아왔다.

아르카디안에서는 많은 일이 생기고 변화가 생겼지만 지구는 그저 지구일 뿐이었다.

여전히 세계 곳곳에서는 게이트가 열렸고, 게이트를 통해 나타난 몬스터들과 싸움이 벌어졌다.

그렇게 시간이 지난 어느 날…….

김호철과 행복 사무소, 가족 사무소 사람들은 별장이 있는 곳에 있었다.

그리고 그들의 앞에는 대규모 테마 파크가 자리를 하고 있었다. 바로 정민이 전 재산을 털어 만든 고스트 파크가 오늘 개장한 것이다.

"대단하네."

박천수가 고스트 파크를 보며 중얼거리자 정민이 미소를 지었다.

"국내 최고 맛집 분점 삼십, 파크 안에 호텔과 수영장, 거기에 조금 저렴하게 지낼 수 있도록 주위 주민들과 연계한 민박까지. 제 일생의 역작이죠."

흐뭇한 얼굴의 정민을 보며 김호철이 파크에 입장하기 위해 서 있는 사람들을 바라보았다.

끝을 알 수 없을 정도로 길게 늘어 서 있는 사람들을 보며 김호철이 웃었다.

"사람들이 이렇게 많이 오면 정민이 금방 재벌 되겠다."

"저만 재벌 되나요. 여기에 투자하신 투자자분들도 다 돈을 벌게 될 겁니다."

정민의 말에 박천수가 웃었다.

"그래, 나도 돈 좀 많이 벌어보자. 나도 이번 사업에 전 재산 투자했어."

"배당금 두둑이 챙겨드릴게요."

웃으며 정민이 고스트 파크 쪽으로 걸음을 옮기자 일행들도 그 뒤를 따랐다.

관계자 출입구를 통해 파크 안으로 들어간 일행들은 안에서 파크 지도를 나눠 주고 있는 오크와 리자드맨들을 볼 수 있었다.

그리고 한쪽에서는 날개를 활짝 펼친 채 사람들이 쉴 수 있도록 그늘을 만들고 있는 와이번.

〈행복을 드립니다. 고스트 파크.〉

〈도움이 필요하시면 벨을 눌러주세요.〉

〈몬스터들은 모두 살아 있습니다. 사진을 찍으셔도 됩니다.〉

〈공격을 하거나 괴롭히지 말아주세요. 몬스터들도 맞으면 아프답니다.〉

위와 같은 문구가 적힌 광고판을 들고 서 있는 웨어 라이온들과 웨어 울프들까지…….

김호철의 몬스터들이 사람들과 사진을 찍으며 파크의 명물이 되어가고 있었다.

그리고 그 사이에 귀신들이 호객과 영업을 하고 있었다.

귀신이 끓여주는 라면, 귀신이 파는 소시지를 먹으며 즐거워하는 사람들.

가족 단위로 온 관광객들을 보며 김호철이 고윤희의 손을 잡았다.

"다음에는 우리 애도 같이 오자."

김호철의 말에 고윤희가 피식 웃으며 자신의 배를 쓰다듬었다. 조금은 살짝 부풀어 오른 자신의 배를 만지던 고윤희가 사람들을 돌아보았다.

"우리 사진 찍어요."

고윤희의 말에 사람들이 웃으며 고스트 파크를 배경으로 나란히 섰다.

그러고는 근처에서 사진을 찍어주는 귀신을 불러서는 모두 나란히 섰다.

모두 자세를 취하자 귀신이 사진을 찍었다.

찰칵!

즉석 사진기에서 뽑아주는 사진을 받아 든 김호철이 일행들과 그것을 보다가 그 밑에 글을 적었다.

가족과 함께……

The end

레벨업 어게인

LEVEL UP
AGAIN

잘은 모르겠지만 과거로 돌아왔다.

최단 기간, 최고 속도 레벨 업, 노블레스 등급 클리어.
생각지 못했던 행운들에 시스템상 주어지는 위대한 이름,
앰플러스 네임까지.

모든 게 좋았다.
사랑했던 여자도 이젠 지킬 수 있을 것 같았다.

[앰플러스 네임 '빛의 성웅'이 성립됩니다.]

그런데 뭐냐. 이 요상한 이름은……?
나 그런거 아닌데. 아 진짜. 아니라니까요.

포텐
POTENTIAL

어떤 사물에는 그것을 오랜 기간 사용한
사람의 잠재된 능력이 고스란히 담긴다.
그리고 난 그것을 사용할 수 있다.

천재 디자이너, 죽은 이도 살리는 명의,
감성을 울리는 피아니스트, 바람기 가득한 첩보원.
그 누구라도 될 수 있다. 단, 애장품만 있다면!

달인의 눈으로 세상을 바라보는,
유쾌한 민호의 더 유쾌한 애장품 여행기!

우지호 장편소설

빅 라이프

돈도 없고 인기도 없는 무명작가 하재건,
필사적으로 글을 써도
절망뿐인 인생에 빛은 보이지 않는데…….

어느 날,
그가 베푼 작은 선의가
누구도 믿지 못할 기적이 되어 찾아왔다!

'글을 쓰겠다고 처음 결심했던 때를
잊지 말게.'

무명작가의 인생 대반전!
지금 시작됩니다.